拼圖式拆解×直覺聯想記憶

超高效

英文文法

結構大全

汪汪／著　何姵儀／譯

前言

雖然想學英文，但是

- 英文文法讓人頻頻受挫
- 英文文法底子沒有打好
- 英文文法明明學了一輪，但就是無法開口說英文

大家是不是有這樣的煩惱呢？

我還是學生的時候最討厭英文了。尤其是英文學得越久，文法就會越複雜，整個腦子都快爆炸了。

但是當我把經過整理的「某件事」輸入進大腦之後，宛如迷霧的英文文法竟然撥雲見日，變得一清二楚。

所謂的「某件事」，其實就是**構成英文的「語序」和「要素」**。因為我對**英文結構的真面目**根本就毫無頭緒，無從整理，才會從一開始就排斥學英文。

「那還不簡單……」要是你這麼想可就錯了。

理解文法確實不難，問題在於有沒有辦法將中文和英文的差異整理過後輸入腦中，因為這一點會大大影響之後的英文學習。

為了不讓大家一聽到英文文法就愁容滿面，本書中特地提出了5大堅持。

堅持❶ 從零開始學英文也適用

「什麼是主詞？」、「什麼是動詞？」這些統統都有基本說明。另外，本書還會學到稍微複雜一點的文法，例如「關係代名詞」。

要學習的範圍和國中英文一樣。就內容來講，相當適合想要從頭開始學英文的人。

堅持❷ 有系統的學習方式

本書的學習順序有別於以往的文法書。

① **首先，大致瞭解構成英文的「語序」和「要素」。**

② **再來是學習如何利用各個時態說出簡單的英文句子。**

③ **最後要學的是如何在英文句子中添加「時間」、「地點」及「方法」等資訊。**

這本書顛覆了以往的「由易到難解說文法」的順序，採用的是「慢慢讓句子結構變得複雜的順序」來解說英文文法。

堅持❸ 透過視覺學英文

本書盡量以一目瞭然的方式來讓大家瞭解每個英文句子的組成要素，以幫助讀者理解複雜的英文文法。

我們可以一邊確認構成英文句子的「要素」，一邊學習文法，這樣閱讀的時候就不會一知半解了。

堅持❹ 例句選自日常對話

日常對話因為不適合用來解說文法，故在以往的文法書中鮮少出現。不過本書卻顛覆了這個觀念，以大量的日常對話作為例句來解說文法。

堅持❺ 「朗讀練習」和「換句話說」

傳統的文法書在規劃內容時，往往以「理解」為目的，所以書中的習題不是排列組合，就是填充問答。

但是本書的目的不是「理解」文法，而是讓大家「開口說英文」。因此準備了「朗讀練習」和「換句話說」來替代排列組合與填充問答。

朗讀為什麼有幫助？

在腦子裡處理

他、讀、書
→他在讀書。

He reads books.
來自眼睛和耳朵的資訊

不太會英文的人一聽到有人說英文，通常會先在腦子裡把聽到的內容翻成中文。但是本書卻可以讓我們藉由插圖和朗讀的方式，將看到及聽到的英文直接用英文來理解。

另外，在「朗讀練習」下方還有「換句話說」的練習，透過練習將內容替換成自己的狀況並說出來，英文口語能力就能有所成長。

關於「朗讀練習」和「換句話說」

第2至第5章的每一頁都有「朗讀練習」和「換句話說」（只有幾頁沒有練習）。

在「朗讀練習」中，內容相同的音檔一共會播放4次，就請大家按照下列順序好好練習。

❶ **只聽不看**：不看字，先用耳朵聆聽。

❷ **邊看邊聽**：看著例句的文字，仔細聆聽。

❸ **不看英文，邊聽邊唸**：不看文字，聽到什麼就唸什麼。

❹ **看著英文，邊聽邊唸**：聽的時候看著例句，同時唸出來。

練習「換句話說」時不是只有造句，還要大聲唸到把句子背下來。

這樣當實際要開口說時，就能自然地脫口而出了。

朗讀音檔聆聽下載

http://www.sotechsha.co.jp/sp/2101/

＊書中附贈之音檔使用日本原版網站，請對應頁面標示的號碼，點選聆聽或下載音檔。

CONTENTS

第3章　添加要素豐富表達內容

第4章　其他型態的句子

第5章　學會寫出複雜的句子

第6章 如何連接句子

如果手邊有市面上販賣的
藍色暗記墊板，不妨在練習時
遮住本書中的藍色字。
就可以一邊以黑字為提示，
一邊猜想適合的內容。

第 1 章

構成英文的
「語序」和「要素」

只要學習構成英文的「語序」和「要素」，就能夠一一整理出句中每個單字的功能，這樣日後在學習英文時會更加得心應手。
首先就讓我們來確認一下英文是如何按語序排列，以及動詞與名詞這些詞類究竟擁有何種功能吧。

5大基本句型

想要理解英文，最重要的一點就是要先明白「英文是什麼樣的語言」以及「和中文有何不同」。其實英文和中文的語序相差甚大。如果我們能先好好瞭解英文的5大基本句型，今後在學英文的時候就會更加得心應手喔。

● 組成句子的語序

第3句型　SVO

（主詞＋及物動詞＋受詞）

用來表示主詞什麼事會怎麼做。

> 要注意語序。英文也是「打」這個詞會先出現，「網球」緊接在後。至於受詞這個位置放的通常是名詞或代名詞。

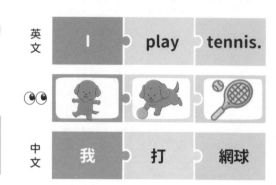

汪汪筆記 英文和中文的語序不一定相同

因此，將整理過後的英文句型輸入腦中是很重要的。或許有人會問：「那為什麼不從第1句型開始解說？」因為上面介紹的第3句型是英文最基本的句型。英文是以「某個人」（例如：你、我、他）為開頭，後面接的是「某個動作」（例如：來或拿），最後是表達「某件事」的詞彙。

這種語序的英文句子大致有5種，稱為基本句型，之後提到其他句型時也會解說，現在就讓我們在一一整理的同時，慢慢把這些句型輸入腦中吧。

第1句型　SV

（主詞＋不及物動詞）

用來表示主詞做了某件事。

> 第1句型只要有主詞和不及物動詞句子就算完成。不過這個句型和 I go to school.（我去學校。）這個句子一樣，後面通常會再補充一些資訊。

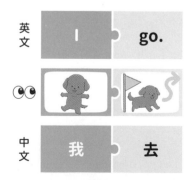

● **句子的構成要素**

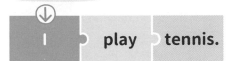

所有英文句都會有一個「主詞（S）：某人」，一個「動詞（V）：做某事」。
主詞是句子的主角，通常是名詞或代名詞。

跑步　　拿　　說話　等

動詞表示動作或狀態，扮演著決定後續句型的司令台角色。動詞包括 be 動詞和一般動詞，而一般動詞還可分為像"I go.（我去。）"這種只要有主詞和動詞就能組成句子的不及物動詞，以及像"I play tennis.（我打網球。）"這種一定要有受詞（「某件事」的部分）的及物動詞。不及物動詞和及物動詞還可以細分如下表。

不及物動詞	（完全）不及物動詞	（第1句型）S＋V
	不完全不及物動詞	（第2句型）S＋V＋C
及物動詞	（完全）及物動詞	（第3句型）S＋V＋O
	授與動詞	（第4句型）S＋V＋O＋O
	不完全及物動詞	（第5句型）S＋V＋O＋C

關於（完全）不及物動詞、不完全不及物動詞和（完全）及物動詞請見第2章。至於授與動詞和不完全及物動詞將會在第4章詳細討論。
另外還有動作動詞及狀態動詞在第 34 頁會有詳細解說。動詞的類別乍看之下繁瑣，但是只要一個一個慢慢看，問題就能迎刃而解。

"I play ○○.（我玩○○。）"或"I have ○○.（我有○○。）"
有些動詞和這兩句一樣，後面如果沒有直接連接○○這個部分，整個句子就不算成立。而填入「○○」這個地方的詞，就叫做受詞。
受詞和主詞（S）一樣，通常是名詞或代名詞。

● 組成句子的語序

第2句型　SVC

（主詞＋be動詞/不完全不及物動詞＋補語）

說明主詞是「什麼東西」、「有什麼樣的性質、狀態」。

> 😊 第2句型最典型的就是be動詞。除了be動詞，不完全不及物動詞也屬於這個句型。需要補語的不及物動詞就稱為不完全不及物動詞。

第4句型　SVOO

（主詞＋授與動詞＋受詞＋受詞）

用來表示主詞「對誰做了什麼事」。

> 😊 這個句型經常出現「給予」相關的動詞，因此我們將其稱為授與動詞。此外，如同例句所示，give所給予的也可以是有形物體以外的無形事物。

第5句型　SVOC

（主詞＋不完全及物動詞＋受詞＋補語）

針對主詞「某事物要怎麼做」的「某事物（受詞）」加以補充說明。

> 😊 需要補語的及物動詞稱為不完全及物動詞（因為少了補語，動詞的意思就會不完整）。

● 句子的構成要素

什麼是補語（C）

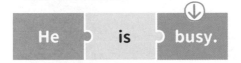

He is ○○ .（他是○○。）
You look ○○ .（你看起來○○。）

補語具有說明主詞是「某事物」「處於某種狀態、性質」的功能，通常是名詞、代名詞或形容詞。

- -

什麼是修飾語（M）

他現在非常忙。

這句英文的very（非常）和now（現在）無法納入SVOC的其中一項。像這樣用來詳細說明字詞或句子的單字，就稱為修飾語。這一類的詞通常是形容詞或副詞。因為只用來修飾句子，就算刪除，句子依舊能成立。

除此之外，介系詞片語（介系詞＋名詞）也能用來修飾句子。
修飾詞的種類非常豐富，關於這點我們將會在第3章詳細介紹。

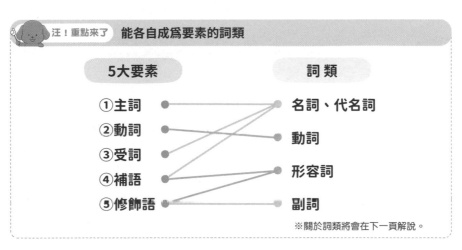

汪！重點來了　能各自成為要素的詞類

5大要素	詞類
①主詞	名詞、代名詞
②動詞	動詞
③受詞	形容詞
④補語	副詞
⑤修飾語	

※關於詞類將會在下一頁解說。

決定單字功能的詞類

單字可以根據其在句中所扮演的角色來歸納「詞類」。要是沒有先瞭解詞類，在學習複雜的英文時一定會一片混亂。可別因為覺得簡單就疏忽大意，讓我們一起來好好確認吧。

● 名詞

名詞是用來指稱事、物及人的詞類，例如：

pen（筆）
形狀具體，可以明確算出一個、兩個之類數量的名詞

information（資訊）
無形的不可數名詞

water（水）
沒有一個具體形狀的不可數名詞

Tokyo（東京）
城鄉市鎮等名稱，或是Wanwan（汪汪）之類的專有名詞

擁有單一具體形狀，例如1個人、1個東西之類的可數名詞前面要加上冠詞 a（或an）。筆可以用1支、2支……等形式來數，所以是 "a pen"。而像apple這種母音（a・i・u・e・o）開頭的名詞就要在前面冠上 an 這個字。

要不要冠上an不是看單字第一個字母，而是第一個發音。例如hour（1個小時）雖然是以字母 h 為開頭的單字，但發音卻是 [aʊr]，也就是以 a 為開頭，所以要說 "an hour"。另外，university（大學）的發音是 [ˌjunəˋvɝsətɪ]，而不是u，因此要說 "a university"。

可數名詞的人或物若是超過兩個，要在單字的最後面加上 s 來表示複數（見下一頁）。

例

能裝瓶的話就是可數

a pen
1支筆

two pens
2支筆

an apple
1顆蘋果

water
水

a bottle of water
1瓶水

汪！重點來了 **要不要加a怎麼判斷？**

coffee（咖啡）是沒有一個具體形狀的名詞，所以在文法上我們會說 "a cup of coffee"（1杯咖啡），但是在口語中通常會說 "a coffee"，因為這樣就足以給人1杯咖啡的具體印象。

表達目的時，名詞前面不用冠上 a，例如 "go to school"（上學）、或 "go to bed"（上床睡覺）。因為在這種情況下的school和bed並非指稱形狀具體的東西，而是指目的（但如果是要指具體、有形的school或bed，就要加上a了）。

"by bus"（搭乘公車）等表示手段的情況也是一樣，不用加上 a。因為這代表的是一種手段，而不是形狀具體的東西。

不過 "catch a cold"（感冒）就要加 a，因為這裡想像的是一個特定期間。

即使是在句中，第一個字母也要以大寫開頭的情況

每個句子開頭的第一個字一定要大寫。除此之外的人物、國家、城鎮、公司及語言等，名稱固定的名詞即便是在句子中間，第一個字母也要大寫。另外，I（我）則是無時無刻都要維持大寫。其他要注意的還有星期和月分，這些字的開頭也必須是大寫。

複數形態的變化

大多數的名詞只要在字尾加個 s 就是複數形態了，但有 5 種名詞的變化較不規則。

❶ 以「-s, -x, -o, -sh, -ch」結尾的名詞要在字尾加上 es

class ➡ classes（班級）　　box ➡ boxes（箱子）　　potato ➡ potatoes（馬鈴薯）
watch ➡ watches（錶）　　dish ➡ dishes（盤子）

有些以 o 結尾的名詞只要在字尾加上 s 即可。
photo ➡ photos（照片）　　piano ➡ pianos（鋼琴）

❷「a, i, u, e, o 以外的字母（子音）＋y」結尾的單字要把字尾的 y 去掉，改成 ies

city ➡ cities（城市）　　country ➡ countries（國家）

如果是母音字＋y，直接加 s 就可以了。
valley ➡ valleys（山谷）

❸ 字尾是 f 或 fe 結尾的單字要去掉，改成 v 之後加 es

knife ➡ knives（刀子）　　leaf ➡ leaves（葉子）

不過有些單字例外，可以直接加 s。
chief ➡ chiefs（長官，領袖）　roof ➡ roofs（屋頂）

❹ 複數形態會有所改變

man ➡ men（男人）
woman ➡ women（女人）　　　😀 單數及複數形態容易記錯，要注意。
child ➡ children（孩子）　　foot ➡ feet（腳）
tooth ➡ teeth（牙齒）　　　mouse ➡ mice（老鼠）

❺ 就算是複數，形態依舊不變

fish ➡ fish（魚）
Japanese ➡ Japanese（日本人。意指國民的時候）

「通常為複數形態」的單字

眼鏡（glasses）、襪子（socks）、鞋子（shoes）基本上都是用複數形態。
襪子和鞋子若是單指 1 隻，單數形態分別是 sock、shoe。

冠詞

the apple

an apple

冠詞最好連同名詞一起記。a和an在之前已經解說過了（見第16頁）。不過除了a / an，有些情況反而要用the。the通常用來指稱共同認知的事物。用法差異如下所示。

例

a dog（單數的狗）

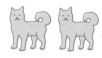

dogs（複數的狗）

the dog（那隻狗）

the的重點在於共同認知。當我們說「那隻狗」時，聽者若會產生「哪隻狗？」的疑問，這種情況通常不會用the。既然聽者不知道「那隻狗」，那麼這種情況就要加a。下例是當我們在對話時，冠詞由a變成the的情況。

例

①I saw a dog.
我看到了一隻狗

②The dog ran away.
那隻狗跑走了。

聽者不知道「那隻狗」的話會用"a dog"，不過那隻狗只要出場過一次，之後就會改用"the dog"來指稱，因為對方已經知道我們所指的是某隻特定的狗。

😊 過去式的解說請見第2章。

汪汪筆記 ✐ 少了冠詞，英文就會不對勁

中文是可以在字裡行間捕捉訊息的語言，而英文則是要明確說明的語言。

例如想要告訴對方「我看到狗」時，若說「I saw dog.」在溝通上是沒有多大的問題，只是英文少了冠詞的話，對方心裡頭出現「是一隻狗嗎？」、「是哪隻狗？」、「是我知道的狗嗎？」之類的疑問，可見充分瞭解中文和英文之間的差異很重要。

汪！重點來了　關於the

"Please open the door.（請開門。）"這種已經知道是「那扇（特定的）門」時就要用the。

"the sun（太陽）"也要加上the。因為人們普遍認為就常識來講，太陽只有一個。

例如"play the guitar（彈吉他）"等演奏樂器時也要加the，因為這種形狀特定的物體是共同認知。

即使是複數形式，有時也要加上the。例如"the dogs"就是指特定的某一群狗。

代名詞

代名詞是具有代替名詞功能的詞類。
在下面例句當中，替代Penpen的he就是代名詞。

例 I like Penpen. He is cute.　我喜歡澎澎，他很可愛。

只要使用代名詞，句意就會更清楚，而且同樣的名字也不會一直重複出現。

I（我）　　you（你）　　he（他）　　she（她）　　it（它）

we（我們）　　you（你們）　　they（他們）　　they（那些）

另外，代名詞還會根據在句中的功能變化成下列形式。

主格	所有格	受格	所有格代名詞	反身代名詞
I	my	me	mine	myself
you	your	you	yours	yourself（複數：yourselves）
he	his	him	his	himself
she	her	her	hers	herself
it	its	it	-	itself
we	our	us	ours	ourselves
they	their	them	theirs	themselves

You（你）無論單數或複數，基本上形態都一樣，只有yourself的複數形態會變成yourselves。

主格

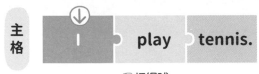

I play tennis.

我打網球。

放在主詞位置的稱為主格，放在受詞位置的稱為受格。

受格

I love you.

我愛你。

受格有時會將代名詞放在介系詞受詞（接在介系詞後面的單字）這個位置上。

例 I agree with him.
我同意他的看法。

19

所有格

He　is　my friend.

他是我的朋友。

所有格表示「某某人所有」。左邊例句中意指「我的」的 my 就是所有格。使用所有格時，名詞前面就不需要冠上 a 或 the。

例

his advice
他的建議

your pen
你的筆

our school
我們的學校

Wanwan's car
汪汪的車

😊 人名後面加上「's」也能表示擁有。

所有格代名詞

This book　is　mine.

這本是我的書。

以 "This book is my book.（這本是我的書。）"這個句子為例，為了避免相同字詞（例如本句出現兩次的 book）一直重複出現，這個時候就會用上所有格代名詞。

反身代名詞

He　introduced　himself.

反身意指「反歸」，也就是「某某人自己」。

他做了自我介紹。（他介紹了他自己。）

🐶 汪！重點來了　**經常使用反身代名詞的英文句型**

1　help yourself　（及物動詞＋受詞）
幫助你自己➡意指「請自便，自己來」。

2　enjoy myself　（及物動詞＋受詞）
享受自己➡玩得開心，過得愉快
※將 myself 改為 yourself，也就是 Enjoy yourself! 的話，意思就是「（祝你）玩得開心！」

3　introduce myself　（及物動詞＋受詞）
介紹我自己➡自我介紹

4　by myself　（介系詞＋介系詞的受詞）
利用我自己➡靠我自己，獨自一人
※by 是介系詞，以「靠近」為概念，也就是「在我旁邊」。

代名詞的 it

it 和其他代名詞一樣，可以用來代替名詞。

例 It's on the table. 這個在桌子上。
It's 是 it is 的縮寫形式。

例 I like it. 我喜歡那個。
除了「那個」，it 還有其他用法。
關於 it 的其他用法詳見第171頁。

it 和 one 的區分使用

one 可以用來代替可數的單數名詞。而這個部分要注意的是，該如何區分使用 it 和 one。大家可以試著從下列例句來確認看看。

例 I lost my key. 我把鑰匙弄丟了。

之後→ I found it.（我找到〔那把〕鑰匙了。）I bought a new one.（我買了一把新鑰匙。）
one 只能用來代替名詞。
並不能像 it 那樣用來表示「那把（鑰匙）」。

one 不可用來代替不可數名詞。
複數的話要用 ones，而不是 one。

it　　　　one

指示代名詞

this、these、that、those 這4個字稱為指示代名詞。

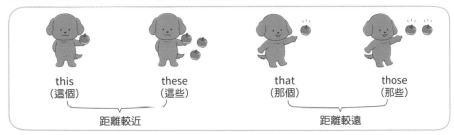

this （這個）	these （這些）	that （那個）	those （那些）

距離較近　　　　　　　　　　　距離較遠

this、these 所指的東西比較近，that、those 所指的東西比較遠。

This is mine.
這是我的。
（this 單獨使用的時候）
This apple is mine.
這顆蘋果是我的。
（放在名詞前面的話
意思是「這個」。）

That is yours.
那個是你的。
（that 單獨使用的時候）
That apple is yours.
那顆蘋果是你的。
（放在名詞前面的話
意思是「那個」。）

也可以表示時間上的遠或近。

this weekend	這個週末
these days	這陣子

in those days	那陣子
at that time	當時

形容詞

形容詞是用來說明名詞的詞類。使用方法有2種。

❶放在名詞前後來修飾名詞

a black cat　一隻黑色的貓
a beautiful flower　一朵美麗的花

❷放在補語位置來解釋名詞

This flower is beautiful.　這朵花很漂亮。

😀 如果把名詞放在另一個名詞前面的話，發揮的功能就等同形容詞。
　　cat food（貓食）　　an English teacher（英文老師）

😀 好幾個形容詞排在一起的時候，要依照下例順序一一排列，越清楚具體的形容詞要靠名詞越近，越是曖昧模糊的形容詞則要離名詞越遠。

①意見	②大小	③新舊	④形狀、狀態	⑤顏色	⑥起源	⑦材料
good cute 等	big little 等	new old 等	round square 等	red black 等	Japanese American 等	cotton plastic 等

例　**the big brown dog**
　　那隻棕色的大狗
　　beautiful red flowers
　　美麗的紅花

😀 形容詞通常放在名詞之前修飾，但也有從後面說明名詞的用法。
　　例 something cold（一些冰的東西）　　a room available（一間空房）

副詞

副詞是用來修飾名詞以外的單字以及說明句子的詞類，並透過以下各種方式來描述單字及句子。

程度　I am very busy.　　　　　　我非常忙。

時間　I am busy now.　　　　　　我現在很忙。

場所　I am here.　　　　　　　　我在這裡。

頻率　I sometimes go to the gym.　我有時候會去健身房。

態度、狀態　He runs fast.　　　　他跑得很快。

副詞還有其他用途，相關用法詳見第3章。

😀 就算不太清楚形容詞和副詞有何差別也沒關係，只要多讀幾遍，就會慢慢明白兩者之間的差異。以中文為例，我們也不會用「很狗」、「現在狗」、「有時候狗」這樣的說法對吧？

介系詞

介系詞的功用和形容詞及副詞一樣，都是用來補充說明的詞類，
通常放在名詞（或名詞句）前面。

場所　I am at the station.　我在車站。

時間　I play tennis on Sundays.

　　　我（每週的）星期天都會打網球。

方向　I go to school.　我去學校。

附加　I go to school with my friend.　我和朋友一起去學校。

●背下來會更方便！典型的介系詞、副詞

at（點） 在～	on（接觸） 在～上面 ～的狀態	in（裡面） 在～裡面	off（分開） 遠離 從～離去	by（接近） 經由～ 在～附近
out（往外） 到外面 出現	over（越過） 在～之上 越過	under 在下面 在～之下	up（上） 向上、附近	down（下） 向下 在遠離之處
across（穿過） 橫越～ 交叉	along（沿著） 和～並行 沿著～	through（通過） 穿過～ ～之間	with（和） 和～在一起 和～意見相同	of（所屬、分離） ～的 關於～
about（周圍） 關於～ 大約	around（周圍） 環繞 周圍	to（抵達點） 到～ 以～為目的	from（出發點） 從～ 來自～	for（方向） 為了～ 對～

除了介系詞及副詞，經常使用的英文單字通常都不會只有一個意思，而且用法多樣。因此只要
遇到這些單字，記得要先確認用法。

動詞種類繁多複雜，因此我們留到下一章再詳細解說。
至於在追加資訊時不可或缺的詞類，也會另留頁面來單獨解說。
例如助動詞（見第100頁）、疑問詞（見第126頁）及接續詞（見第215頁）。

爲什麼學英文要從簡單的句子開始

　　我們在這一章學到了構成英文的「語序」和「要素」。這些內容只要好好整理，日後學習英文會更輕鬆。

　　我們在這本書中要學習的，是按時態整理的簡單英文句子。

　　這本書的學習方式有別於以往的文法書，不是按照文法的難易程度來排列，而是先從架構簡單的句子開始，之後再慢慢添加資訊，透過這樣的方式幫助大家**培養出自己完成英文句子的能力**。

關於第 2 章的「簡單的英文表達」

　　在這一章要學習按時態整理的簡單英文句子。

現在式	I am busy.（我很忙。）　　I play tennis.（我打網球。）
進行式	I am playing tennis.（我正在打網球。）
過去式	I was busy.（我當時很忙。）
未來式	I will play tennis.（我要打網球。）

關於第 3 章「慢慢添加資訊的方法」

　　當能夠造出簡單的英文句子之後，接下來只要再添加一些資訊，就能用英文來表達大多數的事情了。

添加「多少錢？」、「什麼時候？」
I am very busy now.（我現在非常忙。）

添加「頻率」
I sometimes play tennis.（我有時候打網球。）

添加「什麼時候？」
I play tennis on Sunday.（我在星期天打網球。）

添加「和誰？」
I play tennis with my friend.（我和我的朋友打網球。）

添加「表達說話者心情的 will（意志）」及「什麼時候？」
I will play tennis tomorrow.（我明天要打網球。）

　　接著，讓我們在下一章學習簡單英文表達的方法。

第 **2** 章

按照時態學習
簡單的英文表達

學英文的時候只要按照時態整理出簡單的英文句子，這樣就能一邊瞭解文法架構，一邊學英文了。

為了讓大家能夠輕鬆地掌握句子架構的概念，例如「這個是主詞」、「這個是動詞」，接下來會將所有要素以拼圖的方式來呈現，就讓我們先從簡單的英文句子著手吧。

be動詞的肯定句

動詞可分為一般動詞和be動詞。
am、is和are稱為be動詞,以相當於「等號」的方式將主詞和補語連接起來。

主詞+be動詞+名詞

將主詞和「某個東西」劃上等號。

💡 be動詞扮演著連接主詞和名詞的功能。但是如果直接用中文的「(主詞)是(名詞)」理解之後再背下來的話,當英文句子一變就會變得混亂,因此我們要記的是 be動詞的功能。

主詞+be動詞+形容詞

將主詞和「某種性質、狀態」劃上等號。

💡 be動詞扮演著連接主詞和形容詞的功能。因此"He busy."這個句子是不成立的,一定要記得加上be動詞喔。

汪!重點來了 　主詞不同,be動詞的形態也會跟著改變

be動詞會根據主詞改變形態。例如I用am,You用are。除了I和You,「1個人、1個東西」的時候用 is,主詞若是複數就要用 are。只要是成對的單字,用背九九乘法表方式邊念邊背會比較簡單。
有時主詞+be動詞會使用下表的縮寫形式。

主詞	be動詞	縮寫形式
I（我）	am	I'm
You（你）	are	You're
He（他）		He's
She（她）		She's
It（它）	is	It's
This（這個）		—
That（那個）		That's
Wanwan（汪汪）		—

主詞	be動詞	縮寫形式
We（我們）		We're
You（你們）		You're
They（他們）	are	They're
Wanwan and Penpen（汪汪和澎澎）		—

↑
主詞是複數的話用are

I和You以外的1個人、1個東西用is

朗讀練習

依照下列順序練習，慢慢用英文來理解英文吧。〔❶不看英文句子，只聽語音檔➡❷邊看英文句，邊聽語音檔➡❸不看英文句子，聽到什麼唸什麼➡❹邊看英文句子，邊將聽到的內容唸出來〕。

①
I'm a student.
我是學生。

②
I'm twenty years old.
我20歲。

③
You're right.
你是對的。

④
I'm hungry.
我肚子餓了。

⑤
He is short.
他很矮。

⑥
This is Wanwan.
（介紹時）這位是汪汪。
（在電話中報上名時）我是汪汪。

換句話說

下列句子的空格替換成適合自己狀況的單字，試著開口說英文吧。

I am ☐.
我是 ☐。

試著在空格裡填上自己的名字、職業和年齡吧。

He is ☐.
他是／很 ☐。

試著在空格裡填上親朋好友的性格、狀態和職業吧。

表示存在的 be 動詞

動詞也可以將主詞和介系詞＋名詞，或者是主詞和副詞連接起來，用來表示主詞「在哪裡」。

主詞＋be動詞＋介系詞＋名詞

用來表示主詞「在哪裡」。

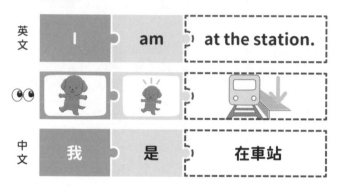

| 英文 | I | am | at the station. |
| 中文 | 我 | 是 | 在車站 |

😃 只要記住 be 動詞擁有將主詞和介系詞＋名詞連接起來這個功能就好，其他的都不要多想。

😃 at是以「點」為概念的介系詞。例如「我在車站」。

主詞＋be動詞＋副詞

用來表示主詞「在哪裡」。

😃 只要記住 be 動詞擁有將主詞和副詞連接起來這個功能就好，其他的都不要多想。
"I'm here"的後面通常會出現「目的」，經常用來表達「我在這裡是為了～」（請參照第186頁）。

| 英文 | I | am | here. |
| 中文 | 我 | 是 | 這裡 |

汪汪筆記 🖋 be動詞的應用

be動詞在應用上還有 "I'm in trouble.（我正處於麻煩之中＝我有麻煩了。）" 這個用法。

按照時態學習簡單的英文表達

依照下列順序練習，慢慢用英文來理解英文吧。〔❶不看英文句子，只聽語音檔➡❷邊看英文句，邊聽語音檔➡❸不看英文句子，聽到什麼唸什麼➡❹邊看英文句子，邊將聽到的內容唸出來〕。

①

I'm from Tokyo.
我來自東京。

😊 from是以「起點」為概念的介系詞。也就是「來自東京」的意思。

②

I'm in Tokyo.
我在東京。

😊 in是以「內部」為概念的介系詞。描述的範圍比at還要大，只能用來說明一個大概的位置。

③

Time is up.
時間到了。

😊 up是以「上方」為概念的介系詞。也就是「時間已達到極限，用完了」的意思。

④

I'm in a hurry.
我很急。

😊 in是以「在某種情況之中」為概念的介系詞。也就是「現在處於緊急情況之中」的意思。

⑤

I'm on summer vacation.
我正在放暑假。

😊 on是以「接觸」為概念的介系詞。也就是「我正在接觸暑假」的意思。

⑥

I'm on a diet.
我在減肥中。

😊 on是以「接觸」為概念的介系詞。也就是「我正在減肥」的意思。

在下列英文句的空格中填入單字，改為敘述自己來自哪裡以及所在地點吧。

I'm from ⸢ ⸥.
我來自 ⸢ ⸥。

😊 試著在空格裡填上自己的出生成長的地方吧。

I'm at／in ⸢ ⸥.
我在 ⸢ ⸥。

😊 試著在空格裡填上自己現在所處的地點吧。

be動詞的否定句

只要在be動詞的後面加上not就能用來表達「否定」。
be動詞＋not有時會用縮寫形式。

主詞＋be動詞＋not＋補語

否定用等號連接的內容。

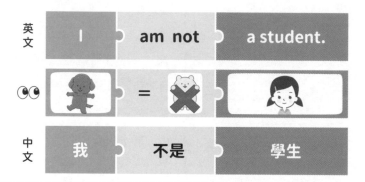

💬 只要把not放在be動詞後面，就能否定主詞和補語之間的等號關係。

汪汪筆記 ✐ 將not放在be動詞後面

到目前為止介紹的其他be動詞句也是一樣，只要將not放在be動詞後面，
就能用來表示否定。

例
I'm not busy. 我不忙。
I'm not in a hurry. 我不急。
He is not here. 不在這裡。

汪！重點來了 be動詞＋not的縮寫形式

be動詞＋not有時會縮寫成下列這幾個形式。
不過am not沒有縮寫。

主詞	be動詞		(not)	縮寫
I（我）	am	+	not	—
You（你）	are		not	aren't
He（他）				
She（她）	is		not	isn't
It（它）				

主詞	be動詞		(not)	縮寫
We（我們）	are	+	not	aren't
They（他們）			not	aren't

朗讀練習

依照下列順序練習，慢慢用英文來理解英文吧。〔❶不看英文句子，只聽語音檔➡❷邊看英文句，邊聽語音檔➡❸不看英文句子，聽到什麼唸什麼➡❹邊看英文句子，邊將聽到的內容唸出來〕。

①

I'm not hungry.
我肚子不餓。

②

I'm not sure.
我不知道。
🐾 sure 形 確定

③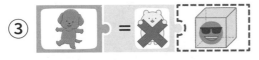

I'm not in the mood.
我沒有那個心情。
🐾 mood 图 情緒，心情

④

That's not the case.
事情不是那樣。
🐾 case 图 事情

⑤

He is not that bad.
他沒那麼壞啦。

汪汪筆記 that 除了「那個」還有其他意思

"That's right.（沒錯。）" 的主詞之所以會是 that，理由在於我們是針對距離自己較遠的說話者的發言（也就是對方提到的整件事）說「right」。如果 it 是主詞，那麼就是「It's right.」，也就是針對特定的單字來陳述「那是對的」。

另外，我們也可以像例句⑤把 not 翻譯成「沒那麼、沒那樣」。

離自己有段距離要用 that。

換句話說 🔄

將最後的空格替換成適合自己情況的單字，試著開口說英文吧。

I'm not ☐.
我不是 ☐。

😊 試著在空格裡填入不符合自己的性格、狀態和職業吧。

She is not ☐.
她不是 ☐。

😊 想像親朋好友的情況，換上不符合對方的個性、條件或職業吧。

be 動詞的疑問句

將 be 動詞移到句首，句尾的「.」改為「?」，這樣就能造出疑問句了。另外，可以用 Yes ／ No 回答的疑問句句尾語氣通常會上揚。這個部分可以聽聽「朗讀練習」的語音檔。

be動詞＋主詞＋補語＋？

造出疑問句，詢問主詞和名詞是否可以掛上等號。

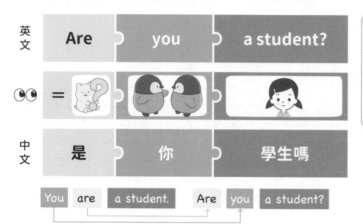

英文 **Are** ◗ **you** ◗ **a student?**

◉◉ =

中文 **是** ◗ **你** ◗ **學生嗎**

將 be 動詞移到句首，就可以造出詢問主詞和受詞的關係是否可以掛上等號的疑問句。

You are a student. → Are you a student?

汪汪筆記 將be動詞移到句首

到目前為止介紹的其他be動詞句子也是一樣的方式，只要將be動詞移動到句首，就能造出疑問句。

例 Are you busy? 你忙嗎？　　Are you in a hurry? 你急嗎？
　　Is he there? 他在那裡嗎？

 汪！重點來了 be動詞疑問句的回答方式

be動詞疑問句的回答方式有「Yes＋主詞＋be動詞」／「No＋主詞＋be動詞＋not」。
不過這個時候的主詞不是名字或職業，而是代名詞。

例 Are you a student?
你是學生嗎？
Yes, I am.　　是的。
No, I'm not.　　不是。

例 Is Penpen busy?
澎澎忙嗎？
Yes, he is.　　對，他很忙。
No, he isn't.　　不，他不忙。

例 Is this your dog?
這是你的狗嗎？
Yes, it is.　　是的。
No, it isn't.　　不是。

例 Are they busy?
他們忙嗎？
Yes, they are.　　是的，很忙。
No, they aren't.　　不忙。

寵物的代名詞通常會用 he / she，而不是 it。

朗讀練習

依照下列順序練習，慢慢用英文來理解英文吧。〔❶不看英文句子，只聽語音檔➡❷邊看英文句，邊聽語音檔➡❸不看英文句子，聽到什麼唸什麼➡❹邊看英文句子，邊將聽到的內容唸出來〕。

①  Are you hungry?
你肚子餓嗎？

②  Are you ready?
你準備好了嗎？

③  Are you sure?
你確定嗎？

④  Are you ok?
你可以嗎？

⑤  Are you in Japan?
你在日本嗎？

⑥  Are you tired?
你累嗎？
tired 形 疲勞的

換句話說 ↻

在下列英文句的空格中填入單字，造出詢問親朋好友「你～嗎？」的疑問句。

 Are you ☐ (名詞)?
你是 ☐ 嗎？

假設某個情況，詢問親朋好友「你是○○（名詞）嗎？」

 Are you ☐ (形容詞)?
你很 ☐ 嗎？

假設某個情況，詢問親朋好友「你很○○（形容詞）嗎？」

33

一般動詞的現在式（動作動詞與狀態動詞）

除了第1章提到的及物動詞和不及物動詞之外，一般動詞還可以按照性質來分類，例如「go、come、eat 等表示動作的動詞」以及「have、know、like等表示狀態的動詞」。

主詞+動作動詞（不及物動詞）+介系詞+名詞 用來表示主詞的動作。

> 動作動詞是表示動作的動詞。順帶一提，這個例句中的go是不及物動詞，所以後面不需要加受詞。

汪汪筆記 現在式不是指「當下的事」！

當我們在學現在式的時候最好先有一個概念。首先現在式談的並不是現在正在發生的事。例如"I eat breakfast.（我吃早餐。）"這句話想要表達的是我通常都會吃早餐。也就是說這個句型雖然是現在式，但是表達的卻是從以前到現在，一直到未來的習慣。若要陳述當下發生的事，那就要用現在進行式（見第50頁）。

主詞+狀態動詞（及物動詞）+受詞 用來表示主詞的「狀態」。

> 狀態動詞是表示狀態的動詞。順帶一提，本例中的have是及物動詞，因此需要受詞。

朗讀練習

依照下列順序練習，慢慢用英文來理解英文吧。〔❶不看英文句子，只聽語音檔➡❷邊看英文句，邊聽語音檔➡❸不看英文句子，聽到什麼唸什麼➡❹邊看英文句子，邊將聽到的內容唸出來〕。

①
I have an idea.
我有個點子。

②
I have good news.
我有個好消息。

③
I like it.
我喜歡那個。

④
I play the guitar.
我彈吉他。

⑤
I agree with you.
你說得對。

💡 with是以「陪同」為概念的介系詞。意指「與～意見相同」。

⑥
I live in Tokyo.
我住在東京。

換句話說 ↻

將最後的空格替換成適合自己狀況的單字，試著開口說英文吧。

I have ▢ (名詞).
我有 ▢ 。

😊 試著在空格裡填入自己現在擁有的東西吧。

I like ▢ (名詞).
我喜歡 ▢ 。

😊 試著在空格裡填入自己喜歡的東西吧。

一般動詞 狀態動詞一覽表

描述無法立刻停止或馬上開始某個狀態的動詞有哪些呢？以 like（喜歡）為例，大家應該可以想像「喜歡」是一種狀態，而不是動作吧。那麼接下來就讓我們來看看幾個具代表性的狀態動詞吧。

agree 同意	believe 相信	belong 屬於	cost 花（錢）	depend 依靠
doubt 懷疑	feel 感覺	hate 仇恨	hear 聽	weigh 有～重量
include 包括	know 知道	like 喜歡	love 愛	need 需要
remember 記住	want 想要	sound 聽起來	understand 理解	equal 等同於
live 居住	exist 存在	own 擁有	prefer 偏愛	see 看見
have 有	look 看起來～	smell 聞	taste 嚐	think 思考

大多數的動詞通常都會有好幾個意思，有時也會與上表提到的意思不同，這點還請大家多多留意，單字每次出現的時候都要好好確認用法喔。

汪！重點來了 **有些動詞同時為狀態動詞及動作動詞**

have
動作：have breakfast （吃早餐）
狀態：have a brother （有哥哥或弟弟）

look
動作：look at the picture （看照片）
狀態：look happy （看起來很開心）

see
動作：see him （見他）
狀態：see stars （看到星星／〔頭部受撞擊而〕眼冒金星）

smell
動作：smell a flower （聞花香）
狀態：smell good （聞起來很香）

taste
動作：taste wine （品酒）
狀態：taste good （美味）

think
動作：think about it （考慮一下這個）
狀態：I think he is kind. （我覺得他人很好。）

> eat 的意思是「吃」，have 是指「擁有」。
> 如果用 have，語氣就會變成是在強調當時的情況或時間之下擁有的。

● 意思都是「聽」的單字之間有何差異

可以翻譯成「聽」這個意思的典型英文單字有 hear、listen、sound 這 3 個。
大家可以參考下表，瞭解應如何區分使用。

hear / listen/ sound 的分別	
	hear **自然而然地聽到** 例 hear the sound（聽到聲音）
	listen **豎耳聆聽** 例 listen to music（聽音樂）
	sound **聽起來～** 例 That sounds good.（那聽起來好像不錯耶。）

一般動詞 不及物動詞一覽表

只要有主詞和動詞就能造出完整句子的不及物動詞有哪些呢？其實英文大部分動詞都是及物動詞，所以只要記住屬於少數派的不及物動詞，判斷的時候會更輕鬆喔。一起確認有哪些典型的不及物動詞吧。

die 死	lie 說謊	appear 出現	fall 掉落	go 走，去
jump 跳	cry 哭	exist 存在	come 來	sit 坐
smile 微笑	speak 說話	wait 等待	work 工作	swim 游泳
sleep 睡覺	laugh 笑	happen 發生	expire 到期	participate 參與，參加
depart 出發	arrive 到達	stay 持續某種狀態	hastitate 猶豫不決	agree 同意
walk 走	run 跑	move 移動	stand 站	grow 長大

大多數的動詞通常都會有好幾個意思，上表介紹的單字有些還可當作及物動詞使用，這點還請大家多多留意，單字每次出現的時候都要好好確認用法喔。

汪！重點來了　同時為不及物與及物的動詞

walk
不及物動詞：I walk.　　　　　　　（我走路。）
及物動詞：I walk the dog.　　　　（我遛狗。）

run
不及物動詞：I run.　　　　　　　　（我跑。）
及物動詞：I run a restaurant.　　（我經營一家餐館。）

move
不及物動詞：I moved.　　　　　　　（我搬家了。）
及物動詞：I moved the desk.　　　（我移動了桌子。）

stand
不及物動詞：I stand by you.　　　（我會支持你的。）
及物動詞：I can't stand the noise.　（我無法忍受噪音。）

　🐾 can't：不能（見第102頁）。
　　　by是以「靠近」為概念的介系詞，意指「我會靠在你身邊」。

grow
不及物動詞：I grew up in Osaka.　（我在大阪長大。）
及物動詞：I grow flowers.　　　　（我有種花。）

　😀 grew：grow（成長）的過去式（過去式見第224頁）。

● **容易與不及物動詞混淆的及物動詞**

有些及物動詞會讓人誤以為是不及物動詞，因而不小心加上介系詞。這類動詞不妨先背下來。
當我還是考生的時候，我還特地將那些常常讓人家誤以為是不及物動詞的及物動詞第一個字母湊
成「**沒打碼rr**」這個口訣背下來呢。

medama rr（沒打碼rr）

marry 與～結婚	enter 進入	discuss 討論	approach 靠近	mention 提到
attend 出席	reach 到達	resemble 相似	😀 要注意，千萬不要以為「因為要和某人結婚，所以用marry with～」或者是「因為要討論某件事，所以用discuss about～」。這些動詞都不需要在後面加上介系詞。	

汪汪筆記

◉ 不及物動詞雖然不需要受詞，但通常會在後面補上介系詞或副詞，好讓資訊更加完整。例
　如：go會使用表示抵達點的to，這樣就能在後面加上受詞了。
　例 I go to school.（我去學校。）
◉ 注意不要被「to」這個詞所誤導，誤以為 go 是及物動詞。
◉ 上述介紹的那些身兼不及物和及物的動詞例句當中，分別使用了by（身旁）、up（上面）
　和 in（裡面）等介系詞和副詞。
下一頁將要介紹一些適合搭配動詞的介系詞和副詞。

適合與一般動詞搭配的單字

在此為大家整理了一些通常會緊跟在一般動詞後面的單字。每個動詞都有適合搭配的名詞、介系詞及副詞，只要將整個組合背起來，就不會挑錯字了。

● 不及物動詞的go

go（不及物動詞）＋副詞

go home.................回家
go there ....去那裡
go abroad ....出國
go out ....外出
go away ....離開

go（不及物動詞）＋介系詞＋名詞

go to school ....上學
go to work..............上班
go to bed................睡覺

go 的概念是「離開某個點」

😊 要注意，go home與go there不用加to。

to

😊 go適合搭配以抵達點為概念的介系詞to。

● 及物動詞的take

take（及物動詞）＋名詞（受詞）

take a picture.........拍照
take a nap ....小睡一下，補眠
take medicine........吃藥
take a lesson..........上課
take a risk ....冒險

take（及物動詞）＋副詞＋名詞（受詞）

take over ○○ ....接手○○
take off ○○ ....脫下○○，拿下○○

例 take my shoes off 脫下我的鞋子

take 的概念是「拿取」

😊 有時候語序會是：
take（及物動詞）＋名詞（受詞）＋副詞。

受詞如果是名詞，那麼與副詞對調位置也沒關係；但受詞如果是代名詞，那麼動詞＋代名詞＋副詞這個語序會比較常用。

😊 take也有不及物動詞的性質，因此會看到take（不及物動詞）＋副詞這樣的組合。

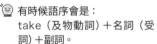

take over................接任　　take off ....起飛

● 片語動詞的例子

片語動詞是指用動詞加介系詞或者是副詞湊出一個意思的片語。
當中有的形態是動詞＋副詞＋介系詞，例如：look up to（尊重）。

turn＋介系詞 / 副詞

turn in	提交〜
turn out	結果是〜
turn on	打開（電器）
turn off	關閉（電器）
turn over	將〜翻過來
turn around	翻轉
turn down	拒絕〜

有些動詞會有適合搭配的介系詞或副詞，例如：

look at	看著〜
listen to	聆聽〜
depend on	依賴〜
wait for	等待〜
agree with	同意（某人的）意見
arrive at/in	到達〜
graduate from	從（某處）畢業
participate in	參加〜
reply to	回覆〜
stand up	站起來
grow up	長大
sit down	坐下

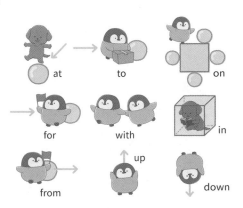

make、have、get 等動詞也有不少用法，所以整個背下來比較實用！

make：製作各種東西

make a mistake	犯錯
make an effort	努力
make time	找時間
You made it!	你做到了！

make

have：擁有各種的東西

have a headache	頭痛
have lunch	吃午飯
have a meeting	開會
Have a nice day!	祝你有美好的一天！

have

get：從「無」到「有」

get ready	做好準備
get a job	找工作
get sick	生病

get

> 😊 互相搭配組合的片語動詞還不只這些，所以日後在讀英文的時候不妨多加留意，這樣在學習上應該會大有斬獲喔。

一般動詞 第三人稱單數的現在式

簡單來說，第三人稱單數所指的是「既不是我也不是你的第三者」而且還是「單獨一人、單獨一物」。除了he（他）等人物之外，dog之類的動物，this book（這本書）之類的物品也都要用第三人稱。第三人稱單數的動詞如果是現在式要在字尾加上 s。

第三人稱單數
（主詞） ＋及物動詞s＋受詞

動詞字尾要加上 s。

英文

 He play**s** tennis.

中文

他　　打　　網球

😊 大多數的動詞只要在字尾加 s 就可以了。但有3種狀況例外。

1 have 要改成 **has**。背的時候記住「只有 have 最特別」就可以了

2 以「-ch、-s、-sh、-x、-o」結尾的動詞要在字尾加上 **es**

teach	teaches	教
pass	passes	通過
finish	finishes	結束
fix	fixes	修理
go	goes	去

3 以「子音＋y」結尾的動詞要將字尾的 y 改為 **ies**

study	studies	學習
try	tries	嘗試
carry	carries	搬運

😊 以「母音（a, i, u, e, o）＋y」結尾的動詞只要在字尾加上 s 即可。

buy	buys	買
say	says	說

汪汪筆記 🖊 **動詞字尾的發音**

◉加在字尾的 s 發音規則與複數形態（第17頁）的 s 相同，絕大部分都要唸成 /z/。

　例 plays（打～球類運動，彈～樂器等）

◉如果是字尾為 d 的動詞，那麼 /s/ 的發音就要與 d 連在一起，唸成 /ds/。

　例 depends（取決於～）

◉字尾發音為 p、k、f、th (θ) 的動詞後面若是加上 s，那麼發音為 /s/。

　例 stops（停止），asks（詢問），surfs（衝浪），smooths（整平）

◉動詞字尾的發音若是 t，那麼 /s/ 這個音要與 t 連在一起，唸成 /ts/「ㄘ」。

　例 visits（訪問）

◉es 的發音與 /iz/ 相近。　※以 o 結尾的動詞就只有加上 es 的 goes 和 does 例外。

朗讀練習

依照下列順序練習，慢慢用英文來理解英文吧。〔❶不看英文句子，只聽語音檔➡❷邊看英文句，邊聽語音檔➡❸不看英文句子，聽到什麼唸什麼➡❹邊看英文句子，邊將聽到的內容唸出來〕。

> 聽的時候留意 s 的發音有何不同。

①  He plays tennis.
他打網球。

②  He goes to school.
他要去學校。

③  He works.
他要工作。

④  He visits me.
他要來看我。

⑤  It depends on him.
這要看他了。

⑥  He has a brother.
他有哥哥（弟弟）。

換句話說

在下列英文句的空格中填入單字，改為親朋好友所擁有的東西，或者是喜歡的事物。

He has ____.
他有 ____ 。

> 想像親朋好友的情況，並將句子改寫成「有哥哥（弟弟）、姊姊（妹妹）、寵物。」

He likes ____.
他喜歡 ____ 。

> 試著在空格裡填上親朋好友「喜歡的事物」吧。

一般動詞 不完全不及物動詞

不完全不及物動詞是指少了補語句子就會不完整的動詞。最典型的例子就是be動詞，不過一般動詞當中也有需要補語的不完全不及物動詞。

主詞＋不完全不及物動詞＋補語

這類動詞的功能和 be 動詞一樣，可以將主詞與「某個東西」、「有什麼樣的性質、狀態」連接起來。

💬 不完全不及物動詞的句型是第 2 句型 SVC，其功能類似 be 動詞。

英文
You ＿ look ＿ happy.

👀

中文
你 ＿ 看起來 ＿ 很開心

🐶 汪！重點來了　**可以當作不完全不及物動詞的3大類動詞**

1 表示變化的「成為〜」

| become 成為〜 | get 變成〜 | turn 轉變為〜 | go 變成某種狀態 | grow 成長為某種狀態 |

🐾 got tired 累了　💬 這是短期間的變化，因此不能說 became tired。
🐾 become a teacher 成為老師　😊 花了一段時間所得到的變化不能用 get，因此不能說 get a teacher。

2 「看起來像〜」等表示感覺的動詞

| look 看起來像〜 | sound 聽起來〜 | taste 吃起來〜 | feel 感覺起來〜 | smell 聞起來〜 |

3 「就這個樣子」等表示狀況維持不變的動詞

| keep 一直（處於〜的狀態） | remain 維持〜的樣子 | stay 停留在（某個狀態） |

😊 大多數的動詞通常都會有好幾個意思，因此有的用法會與上所提到的不同。例如：get 也可以表示「得到（及物動詞）」，go 還有「去（不及物動詞）」的意思。只記住一個意思的話有時反而會看不懂句子，要多加留意喔。

> **朗讀練習**
>
> 依照下列順序練習，慢慢用英文來理解英文吧。〔❶不看英文句子，只聽語音檔➡️❷邊看英文句，邊聽語音檔➡️❸不看英文句子，聽到什麼唸什麼➡️❹邊看英文句子，邊將聽到的內容唸出來〕。

①

You look busy.
你看起來好像很忙。

②

You look great.
你看起來很有精神。

③

That sounds good.
聽起來好像不錯。

④

That sounds fun.
聽起來好像很有趣。

 fun 图 開心　圈 有趣的

⑤

I feel cold.
我覺得有點冷。

⑥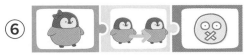

She remains silent.
她保持沉默。

> **換句話說** ↻
>
> 在下列英文句的空格中填入單字，試著描述自己的狀況吧。

You look ☐.
你看起來很 ☐。

😊 想像親朋好友的情況，試著替換空格裡的單字。

That sounds ☐.
那聽起來 ☐ 耶。

😊 想像一下身邊的話題，試著替換空格裡的單字。

一般動詞的否定句

只要將 do not（或 don't）放在一般動詞前面即可表達「否定」。
do＋not 通常會使用縮寫形式。

主詞＋don't＋不及物動詞

將 do not（或 don't）放在一般動詞前面就可以表示否定。

英文	I	don't	know.
中文	我	不	知道

💡 使用 don't 這個縮寫形式較為普遍。至於要不要用縮寫形式，全憑說話者想要表達的語氣。如果是不帶縮寫的 do not，通常會用來強調「不要～」。

主詞＋doesn't＋及物動詞＋受詞

如果主詞是第三人稱單數，要在一般動詞前面用 does not（或 doesn't）來表達否定，而不是 do not。

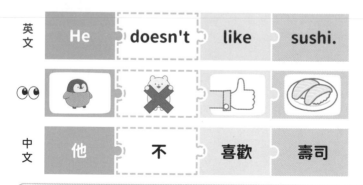

英文	He	doesn't	like	sushi.
中文	他	不	喜歡	壽司

💡 要注意的是，這時候的動詞必須是原形。在第 42 頁說明第三人稱單數現在式時，曾經提到字尾要加上 s，不過這個時候動詞都要恢復成原形。

例 肯定句：He **likes** sushi. 　　否定句：He doesn't **like** sushi.

朗讀練習

依照下列順序練習，慢慢用英文來理解英文吧。〔❶不看英文句子，只聽語音檔➡❷邊看英文句，邊聽語音檔➡❸不看英文句子，聽到什麼唸什麼➡❹邊看英文句子，邊將聽到的內容唸出來〕。

①
I don't like dogs.
我不喜歡狗。

②
I don't have much time.
我沒有什麼時間。

🐾 much 形（在否定句中）不怎麼～　※在肯定句中通常意指「很多」（第96頁）。

③
I don't agree with you.
我不同意你。

④
I don't smoke.
我不抽菸。

⑤
He doesn't look busy.
他看起來似乎不忙。

⑥
It doesn't matter.
沒關係。

🐾 matter 動 重要

換句話說 ↻

在下列英文句的空格中填入單字，試著描述自己的狀況吧。

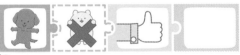
I don't like ☐.
我不喜歡 ☐ 。

😊 試著在空格裡填上自己不喜歡的事物吧。

He doesn't look ☐.
他看起來不 ☐ 。

😊 試著在空格裡填上親朋好友的狀態吧。

一般動詞的疑問句

把 Do / Does 放在句首，句尾的「.」改為「?」，就能造出一般動詞的疑問句了。

Do＋主詞＋及物動詞＋受詞＋?

只要將 Do 放在主詞前面，就能造出一般動詞的疑問句。

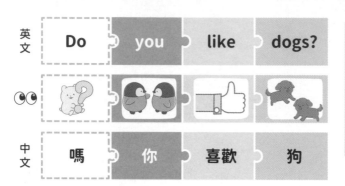

回覆一般動詞的疑問句時，回答的形式是 "Yes＋主詞＋do." ╱ "No＋主詞＋do not（或者是 don't）."。這裡的 do 具有代替動詞的功能。

Does＋主詞＋及物動詞＋受詞＋?

如果主詞是第三人稱單數，只要將 Does 放在主詞前面，就能造出一般動詞的疑問句了。

回答的形式是 "Yes＋主詞＋does." ╱ "No＋主詞＋does not（或者是 doesn't）."。

朗讀練習

依照下列順序練習，慢慢用英文來理解英文吧。〔❶不看英文句子，只聽語音檔➡❷邊看英文句，邊聽語音檔➡❸不看英文句子，聽到什麼唸什麼➡❹邊看英文句子，邊將聽到的內容唸出來〕。

①
Do you speak English?
你會說英文嗎？

②
Do you like music?
你喜歡音樂嗎？

③
Do you play any sports?
你有在做什麼運動嗎？

🐾 any 形 任何（見第96頁）

④
Do you have any ideas?
你有什麼想法嗎？

⑤
Does it make sense?
聽得懂嗎？

🐾 make sense：講得通

⑥
Does it work for you?
這對你有用嗎？

😀 for是以「方向」為概念的介系詞。在這個例句當中意指「對你來說」。

換句話說 🔄

在下列英文句的空格中填入單字，試著詢問對方擁有的東西或者是喜歡的事物。

Do you have ☐?
你有 ☐ 嗎？

😀 想像親朋好友的情況，試著詢問對方有沒有○○。

Do you like ☐?
你喜歡 ☐ 嗎？

😀 想像親朋好友的情況，試著詢問對方喜不喜歡○○。

現在進行式的肯定句

若要陳述當下發生的事，那就要用現在進行式而不是現在式。要注意的是，像 know 或 like 這種表示狀態的動詞（第36頁）不會以進行式的形態出現，所以基本上不需要使用進行式。

> 主詞＋be動詞＋及物動詞ing＋受詞

將 be 動詞放在動詞前面，接著在動詞後面加上 ing，就能用來表示動作現在正在進行。

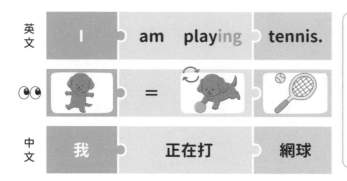

英文	I	am playing tennis.
中文	我	正在打 網球

只要在動詞字尾加上 ing，意思就會變成「現在正在做～」。be動詞表示的是「狀態」，因此我們可以想像「現在正在做～的狀態＝進行式」。

汪！重點來了　**動詞加上ing的變化形態**

大多數的動詞只要在字尾加上 ing 就是進行式了，不過有3種變化形態較為特殊。

1 **以 e 結尾的動詞要去掉最後的 e 再加上 ing**
write（寫）➡ writing　　make（製作）➡ making
😀 例外：see（看）➡ seeing

2 **「短母音（要唸短一點的母音）＋子音結尾」同時「重音在短母音」時，字尾的最後一個字母要重複**
run（跑）➡ running　　sit（坐）➡ sitting
😀 visit（訪問）的重音在前面，因此我們加 ing 時最後一個字母不重複，也就是 visiting。
😀 像 rain（下雨）這種雙母音＋子音的單字也是一樣，加 ing 時最後一個字母不重複，也就是 raining。

3 **其他**
die（死）➡ dying　　lie（躺）➡ lying
像這種例外或者變化不規則的動詞就只能靠背的，建議遇到這類動詞時，就做個筆記整理一下。

朗讀練習

依照下列順序練習，慢慢用英文來理解英文吧。〔❶不看英文句子，只聽語音檔➡❷邊看英文句，邊聽語音檔➡❸不看英文句子，聽到什麼唸什麼➡❹邊看英文句子，邊將聽到的內容唸出來〕。

① I'm listening.
我正（認真地）在聽。

② I'm looking for an ATM.
我正在找ATM。

③ I'm coming.
我現在就去。

④ I'm working on it.
我現在正在做。

⑤ I'm running late.
我快要遲到了。

⑥ Time is running out.
時間不多了。

😊 out是以「向外」為概念的介系詞。也就是「時間正往外跑」。

換句話說 ↻

將最後的空格替換成適合自己狀況的單字，試著開口說英文吧。

I'm looking for ⌐ ⌐.
我正在找 ⌐ ⌐。

😊 假設自己正在找東西來練習替換例句吧。

I'm studying ☐.
我正在唸／學習 ☐。

😊 試著在空格裡填入自己正在學習的東西吧。

如何使用現在進行式：應用篇

現在進行式的應用方式有好幾種。而下列介紹的這4種建議大家記下來。將概念整理好，這樣遇到的時候就不會一片混亂了。

● 越來越接近

當「越來越接近某個動作或狀態」時要用進行式。

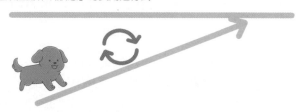

例1 I'm getting hungry.　我餓了。
例2 My phone is dying.　我的手機快沒電了。

● 「狀態」、「行動」和「越來越接近」的比較

如下圖所示，可以用和be動詞一樣能夠表示狀態的動詞來描述「疲倦」這個狀態。
例如get之類的動作動詞可以表示「疲憊」的變化，若是改成進行式的getting，那就表示身體狀態正朝著「疲倦」這個方向進行。

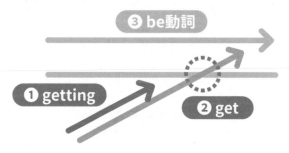

❶ getting	❷ get	❸ be動詞
越來越接近狀態	處於那種狀態	狀態
I am getting tired. 我感覺越來越累。	I got tired. 我累了。	I am tired. 我好累。

● 表示未來

「越來越接近」若是換個說法，就能用來表達未來的事。

例1 I'm visiting Vietnam.　我準備去越南。
例2 He is getting married.　他要結婚了。

在 例1 中，要先決定「會和誰一起去」、「行程如何安排」，然後再來「訂票……」，所以要用進行式來表示「已經在朝這個方向進行」的狀態。

● 狀態動詞＋進行式

例如 "You are kind.（你人真好。）" 代表的是一種狀態，所以基本上不會使用進行式。但在說這句話時若要表現出「暫時性」的語氣，就可以用 "You are being kind." 這個說法。
另外像 "I live in Osaka.（我住在大阪。）" 這個句子是用來表示狀態。但若是改成 "I'm living in Vietnam.（我住在越南。）"，也就是進行式的話，就能表達出自己是因為工作等關係「暫時」住在越南的語氣。

汪！重點來了　動作動詞和狀態動詞

在使用第 37 頁介紹的同時具有狀態和動作 2 種性質的動詞時要特別小心。
讓我們再整理一次。

狀態動詞 have 表達的是狀態，例如 "I have a brother.（我有一個哥哥／弟弟。）"，所以不能使用進行式。	同樣都是 have 這個字，但是在 "I'm having dinner.（我正在吃晚餐。）" 這句話中卻變成了動作動詞，因此可以用進行式來表達。

現在進行式的否定句、疑問句

現在進行式的否定句和疑問句與使用be動詞的否定句（第30頁）及疑問句（第32頁）一樣，只要在be動詞後面加上not就是否定句，而將be動詞移到句首就能寫成疑問句。

● 否定句

主詞＋be動詞＋not＋及物動詞ing＋受詞

只要將not放在進行式的be動詞後面，就能造出進行式的否定句。

英文	I	am　not　play**ing**	tennis.
中文	我	沒有在打	網球

首先來瞭解一下現在進行式與現在式的不同。現在式描述的是習慣「做某件事」，不管是過去還是未來；而現在進行式則是強調現在「正在做某件事」。就算替換成否定句或疑問句，兩者意思上的差異也不會有所改變。

● 疑問句

be動詞＋主詞＋及物動詞ing＋受詞＋？

只要將進行式的be動詞移到句首，就能造出疑問句。

英文	Are	you	watch**ing**	TV?
中文	嗎	你	正在看	電視

回答的方法與be動詞的疑問句一樣（見第32頁）。
Are you watching TV?
— Yes, I am. /
No, I'm not.

按照時態學習簡單的英文表達

朗讀練習

依照下列順序練習，慢慢用英文來理解英文吧。〔❶不看英文句子，只聽語音檔➡❷邊看英文句，邊聽語音檔➡❸不看英文句子，聽到什麼唸什麼➡❹邊看英文句子，邊將聽到的內容唸出來〕。

①

I'm not doing anything.
我現在什麼也沒做。

🐾anything 图 (在否定句中) 什麼也沒～ (見第134頁)
🐾do 動 做 (某件事)

②

Is he sleeping?
他正在睡覺嗎？

③

Is he studying English?
他正在學習英文嗎？

④

Are you kidding me?
你在開玩笑吧？

🐾kid 動 開玩笑

⑤

Are you seeing anyone?
你有交往的人嗎？

🐾anyone 代 (在疑問句中) 某個人

換句話說♻

在下列英文句子的空格中填入單字，試著描述自己的情況吧。

I'm not ⬚ ing. ／ I'm not ⬚ ing ⬚.
我沒有在 ⬚ 。

😊 試著在空格裡填入自己現在沒有在做的事吧。

Are you ⬚ ing?
Are you ⬚ ing ⬚?
你在 ⬚ 嗎？

😊 假設與正在做件某事的人交談，詢問對方「你在做～嗎？」

be動詞過去式的肯定句

be動詞的現在式已經出現過am、is和are了。而be動詞過去式的句子，只要把am和is改為was，are改為were就可以了。

主詞＋be動詞（過去式）＋補語

將主詞和「過去的某個事物或某種狀態」劃上等號。

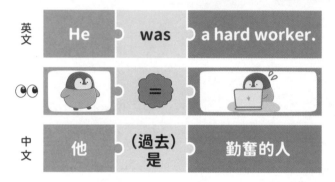

| 英文 | He | was | a hard worker. |
| 中文 | 他 | （過去）是 | 勤奮的人 |

☺ 上述例句的補語部分是「冠詞＋形容詞＋名詞」，這一整組扮演著名詞的功能。

☺ 和之前介紹的其他be動詞句一樣，只要把be動詞改成過去式，就能用來敘述以前的事情了。

例 I was busy.　　　我那時很忙。
I was in a hurry.　我當時很急。
He was here.　　　他之前在這裡。

汪！重點來了 **過去式＝「距離現在的時間軸遠近」**

過去式表示的是「距離現在的時間軸遠近」。為了讓大家更容易想像，我們在本書中用「雲朵」圖將過去式整個框起來。
這樣的想像方式在學習助動詞及假設句的時候也能夠派上用場喔。

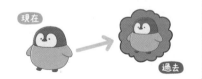

現在
過去

汪汪筆記

主詞與be動詞的組合與其死背規則，不如大聲朗讀直接背下來。

I was	We were
He was	You were
It was	They were
This was	These were
That was	Those were

朗讀練習

依照下列順序練習,慢慢用英文來理解英文吧。〔❶不看英文句子,只聽語音檔➡❷邊看英文句,邊聽語音檔➡❸不看英文句子,聽到什麼唸什麼➡❹邊看英文句子,邊將聽到的內容唸出來〕。

① I was upset.
我當時好失望。

② I was in Tokyo.
我那時候在東京。

③ You were right.
你是對的。

④ It was an accident.
那不是故意的
(是巧合)。

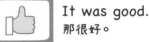

⑤ It was good.
那很好。

換句話說 ↻

在下列英文句子的空格中填入單字,試著描述自己的情況吧。

I was ☐.
我曾經是 ☐。

😀 試著在空格裡填上自己過去的狀態或職業。

It was ☐.
那個很 ☐。

😀 針對最近發生的事情說出感想,例如考試或電影。

汪汪筆記 ✍ 表達感想就用"it was ○○."

這個句子在表達感想時相當實用。"It was easy / difficult.(那很簡單/很難。)"、"It was awesome / terrible.(那太棒了/太糟糕了。)"等,只要更改最後一個單字,就可以用英文表達自己的感想了。

be動詞過去式的否定句、疑問句

be動詞過去式的否定句和疑問句與使用be動詞的否定句（第30頁）及疑問句（第32頁）一樣，只要在be動詞後面加上not就是否定句，而將be動詞移到句首就是疑問句。

●否定句

主詞＋be動詞（過去式）＋not＋補語

否定用等號連接的內容。

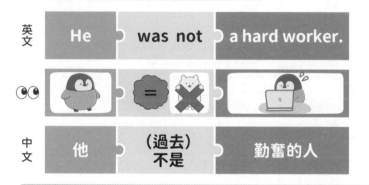

英文	He	was not	a hard worker.
中文	他	（過去）不是	勤奮的人

💡 只要將 not 放在 be 動詞後面，就能否定主詞和補語之間的等號關係。
不管是現在式還是過去式都一樣。另外，縮寫形式也經常使用。
was not ➡ wasn't　　were not ➡ weren't

●疑問句

be動詞（過去式）＋主詞＋補語＋?

造出疑問句，詢問主詞和補語過去的關係是否和等號的另一端一樣。

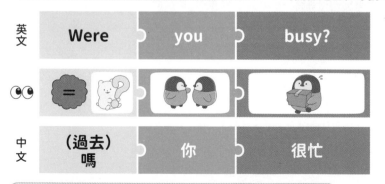

英文	Were	you	busy?
中文	（過去）嗎	你	很忙

💡 回答的方法與 be 動詞的疑問句一樣（見第32頁）。
Were you busy? — Yes, I was./ No, I wasn't.

朗讀練習

依照下列順序練習，慢慢用英文來理解英文吧。〔❶不看英文句子，只聽語音檔➡❷邊看英文句，邊聽語音檔➡❸不看英文句子，聽到什麼唸什麼➡❹邊看英文句子，邊將聽到的內容唸出來〕。

①

I wasn't that busy.
我沒有那麼忙。
🐾 that 副 (在否定句中) 那麼

②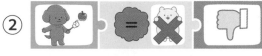

It wasn't that bad.
情況沒有那麼糟

③

It wasn't easy.
那不容易。

④

Were you nervous?
你那時緊張嗎？

⑤

Was it fun?
你玩得開心嗎？

⑥

Were they drunk?
他們醉了嗎？

換句話說 ↻

在下列英文句子的空格中填入單字，試著描述自己的情況吧。

It wasn't ☐ .
不是很 ☐ 。

😊 針對最近發生的事情，例如考試或電影說出感想。

Was it ☐ ?
那很 ☐ 嗎？

😊 針對最近發生的事情，例如考試或電影詢問感想。

一般動詞的過去式肯定句

在一般動詞的過去式當中，動詞的形態會改變。變化方面有的比較規則，只要在字尾加上 -ed 就好，有的則是不規則變化。

主詞＋及物動詞(過去式)＋受詞

用來表示主詞做了什麼事。

英文	He played tennis.
中文	他 打了 網球

> 用中文敘述過去發生的事情時，通常會加上「～了」。英文也是同樣道理，只要稍微改變動詞的形態，就能用來表達過去發生的事。至於第三人稱單數的過去式，只要是字尾為沒有任何特殊變化、單純加上 s 的動詞，就能使用相同的方法將動詞改成過去式。

汪！重點來了　動詞字尾的變化

大多數的動詞只要在字尾加 -ed 就可以了，但有 4 個狀況為例外。

① **結尾為「e」的動詞要在字尾加上 d**
like（喜歡）➡ liked　　use（使用）➡ used

② **以「子音＋y」結尾的動詞要將字尾的 y 改為 ied**
study（學習）➡ studied
try（嘗試）➡ tried

> 以母音（a，i，u，e，o）＋y 結尾的動詞只要在字尾加上 -ed 即可。play（玩）➡ played

③ **「短母音（要唸短一點的母音）＋子音結尾」同時「重音在短母音」時，字尾的最後一個字母要重複**
stop（停止）➡ stopped
drop（掉落）➡ dropped

> visit（訪問）的重音在前面，因此最後一個字母不需重複，只要加上 ed 即可。➡ visited
> 像 rain（下雨）這種雙母音＋子音的單字也是一樣，不需重複最後一個字母，只要加上 ed 即可。➡ rained

④ **變化不規則的動詞**
go（去）➡ went　　see（看）➡ saw

典型的不規則動詞		
現在式	中文	過去式
bring	帶來	brought
think	思考	thought
take	拿走	took
have	擁有	had
stand	站立	stood
sit	坐	sat
understand	理解	understood
get	得到	got
say	說	said
make	製作	made
eat	吃	ate
sell	賣	sold
buy	買	bought
read	讀	read
hear	聽	heard

※ 其他請參考第 221 頁。

還有其他不規則變化的動詞，較為典型的已經列在右上方的表格中（※read 只有讀音不同）。原則上，與其一次把所有的不規則動詞背下來，會建議大家看一個背一個（因為要將整份表格都背下來是件非常痛苦的事……）。

按照時態學習簡單的英文表達

朗讀練習

依照下列順序練習，慢慢用英文來理解英文吧。〔❶不看英文句子，只聽語音檔➡❷邊看英文句，邊聽語音檔➡❸不看英文句子，聽到什麼唸什麼➡❹邊看英文句子，邊將聽到的內容唸出來〕。

①
He went to work.
他去上班了。

②
I had a good time.
我玩得很開心。

③
I got it.
知道了。

④
I knew it!
我就知道！

⑤
You made it!
你做到了耶！

換句話說 ↻

在下列英文句子的空格中填入單字，試著描述自己的情況吧。

I went to [ ].
我去了 [ ]。

試著在空格裡填入自己「去過的地方」吧。

I had [ ].
我收到 [ ] 了／我有 [ ]。

大家可以參考下方的汪汪筆記，說出自己「收到的東西或度過的時間」。

汪汪筆記 表達「收到的東西、度過的時間」用 "I had ○○."

此為在傳達「收到的東西、度過的時間」時非常實用的句子。"I had a nice trip.（我有一趟快樂的旅程。）"、"I had a massage.（我有去按摩。）"、"I had a lesson.（我上了課。）"等，這些句子都可以替換。至於適合搭 have 這個動詞的受詞，只要用 google 搜尋「have 搭配詞」或「have 用法」，就會找到許多結果。除此之外，《語源解說×圖像聯想：超高效英文單字連鎖記憶法》（台灣東販）這本書中也有解說。

一般動詞的過去式否定句、疑問句

一般動詞過去式的否定句和疑問句中，只要在一般動詞前加 did not（縮寫形式為 didn't）就是否定句，將 did 放在句首就是疑問句。

● 否定句

主詞＋did not＋及物動詞＋受詞

將 did not（或 didn't）放在一般動詞前面就可以表示否定。

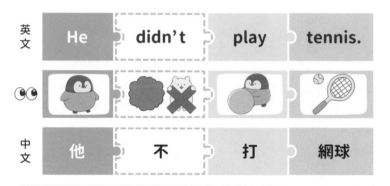

英文	He	didn't	play	tennis.
中文	他	不	打	網球

💬 只要將 did not（或 didn't）放在動詞前面就可以了。這個時候的第三人稱單數與其他主詞只要用 did 就好，不會像現在式那樣有 do / does 之分。

● 疑問句

Did＋主詞＋及物動詞＋受詞＋?

只要將 did 放在主詞前面，就能造出一般動詞的疑問句。

英文	Did	you	play	tennis?
中文	嗎	你	打了	網球

💬 回答方式是 "Yes＋主詞＋did." ／ "No＋主詞＋did not（或 didn't）." 。
Did you play tennis? — Yes, I did./No, I didn't.　對，我打了。／不，我沒有打。

朗讀練習

依照下列順序練習，慢慢用英文來理解英文吧。〔❶不看英文句子，只聽語音檔➡❷邊看英文句，邊聽語音檔➡❸不看英文句子，聽到什麼唸什麼➡❹邊看英文句子，邊將聽到的內容唸出來〕。

①

I didn't know that.
我（當時）不知道。

②

I didn't mean it.
我（當時）不是故意的。
🐾 mean 動 有意

③

I didn't order this.
我沒有點這個。

④

I didn't expect rain.
我沒想到會下雨。
🐾 expect 動 預期

⑤

Did it work?
順利嗎？

⑥

Did you get it?
瞭解了嗎？

換句話說 ↻

在下列英文句子的空格中填入單字，試著描述自己的情況吧。

I didn't go to ⌐ ⌐.
我沒有去 ⌐ ⌐。

😊 試著在空格裡填上自己「沒有去過的地方」，哪裡都可以。

Did you go to ⌐ ⌐?
你去 ⌐ ⌐ 了嗎？

😊 假設詢問親朋好友「你去○○了嗎？」來練習替換例句吧。

過去進行式的肯定句

想要表達過去某個時間點正在進行的某件事要用過去進行式,而不是過去式。這個句型通常會和意指「那個時候」的表現一起使用,例如「那個時候我正在做○○。」(參考第78頁)。

主詞＋be動詞（過去式）＋及物動詞ing＋受詞

將be動詞（過去式）放在動詞前面,並在動詞後加上ing,就能用來表示該動作於過去的某個時間點正在進行。

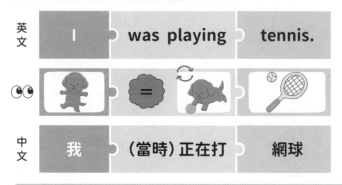

| 英文 | I | was playing | tennis. |
| 中文 | 我 | （當時）正在打 | 網球 |

與構成現在進行式句子的要素相同,大家不妨一起記。只要把現在進行式的be動詞改成過去式,就是過去進行式了。

汪!重點來了　與過去式的差別

過去進行時是用來表示「當時在做某件事」的時態。
像是有人問:「我剛剛打電話給你,但你沒有接。你在做什麼?」的時候,若要回答:「喔～那個時候我正在吃飯啦」,這個時候就要用過去進行式。
如果用過去式回答的話,就會變成「我吃了飯」,這樣前後對話反而會顯得不自然。

例 I ate lunch.　　　　我吃了午飯。
例 I was eating lunch.　我那時候正在吃午飯。

按照時態學習簡單的英文表達

朗讀練習

依照下列順序練習，慢慢用英文來理解英文吧。〔❶不看英文句子，只聽語音檔➡❷邊看英文句，邊聽語音檔➡❸不看英文句子，聽到什麼唸什麼➡❹邊看英文句子，邊將聽到的內容唸出來〕。

①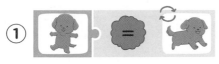
I was running.
我（當時）在跑步。

②
I was sleeping.
我（當時）在睡覺。

③
He was using the computer.
他（當時）在打電腦。

④
He was telling a lie.
他（當時）撒了謊。
🐾 tell a lie：說謊

⑤
We were watching TV.
我們（當時）在看電視。

⑥
It was raining.
（當時）在下雨。
😊 天氣會用it來表現（見第171頁）。

換句話說 ↻

在下列英文句子的空格中填入單字，試著描述自己或親朋好友的情況吧。

I was ▢ing(不及物動詞).
I was ▢ing(及物動詞) ▢.
我（當時）在 ▢ 。

😊 假設自己（當時）正在做某件事來練習替換例句吧。

He was ▢ing(不及物動詞).
He was ▢ing(及物動詞) ▢.
他（當時）在 ▢ 。

😊 假設親朋好友（當時）正在做某件事來練習替換例句吧。

過去進行式的否定句、疑問句

過去進行式的否定句和疑問句與現在進行時的否定句及疑問句一樣（第54頁），只要在be動詞加上not就是否定句，將be動詞移到句首就是疑問句。

● 否定句

主詞＋be動詞（過去式）＋not＋及物動詞ing＋受詞

只要將not放在進行式的be動詞後面，就能造出進行式的否定句。

英文	I	was not playing	tennis.
中文	我	（當時）沒有在打	網球

即使是否定句，構成句子的要素也和現在進行式相同。
唯一改變的就只有be動詞的形態。

● 疑問句

be動詞（過去式）＋主詞＋及物動詞ing＋受詞＋?

只要將進行式的be動詞移到句首，就能造出疑問句。

回答方式現在進行式的疑問句一樣（見第54頁）。只有be動詞要改成過去式。
Were you watching TV?
— Yes, I was.
/No, I wasn't.

英文	Were	you	watching	TV?
中文	（當時）嗎	你	在看	電視

朗讀練習

依照下列順序練習,慢慢用英文來理解英文吧。〔❶不看英文句子,只聽語音檔➡❷邊看英文句,邊聽語音檔➡❸不看英文句子,聽到什麼唸什麼➡❹邊看英文句子,邊將聽到的內容唸出來〕。

①  They were not listening.
他們(當時)沒有在聽。

②  It wasn't raining.
(當時)沒有下雨。

③  I wasn't looking.
我(當時)沒看到。

④  Was she crying?
她(當時)哭了嗎?

⑤  Were you sleeping?
你(當時)在睡覺嗎?

⑥  Were you waiting long?
你(當時)等了很久嗎?

換句話說

在下列英文句子的空格中填入單字,試著描述自己的情況吧。

I wasn't ▢ing(不及物動詞).
我(當時)沒有在 ▢ 。

😊 試著在空格裡填上自己某個時間點「沒有在做的事」吧。

Were you ▢ing(不及物動詞)?
Were you ▢ing(及物動詞)▢?
你(當時)在 ▢ 嗎?

😊 假設親朋好友的情況,詢問對方「你(當時)做了~嗎?」

使用 be going to 來表示未來的肯定句

表達未來的方式有 be going to 和 will。先說明 be going to。be going to 表示「已在進行的未來」。

主詞＋be going to＋及物動詞（原形）＋受詞

只要將 be going to 放在動詞前面就能用來表達未來。

英文	I	am going to	play	tennis.
中文	我		打算去打	網球

😀 be going to 的 be 動詞會因為主詞不同而有 am、is 或 are 等形態。
另外，接在 to 後面的動詞要用原形。

 **汪！重點來了** be going to 與現在進行式表示的未來有何差異

be going to 表示的是正在進行的未來。假設我們已經計劃好了，這個時候就可以說「我打算去打網球」。另一方面，當我們打開冰箱說：「沒有茶，那去買吧」，這種當下決定的未來就要用第72頁介紹的 wiil。

有人會覺得「"be going to"要背3個單字很麻煩……」，其實只要記住 to 有朝抵達點前進這個概念，就能輕易理解用法了。

另一方面，如同第53頁所介紹的，現在進行式也可以用來表達未來。
例如，"I'm visiting Vietnam."這句話就會給人已經開始有具體的準備去越南的印象。

按照時態學習簡單的英文表達

朗讀練習

依照下列順序練習，慢慢用英文來理解英文吧。〔❶不看英文句子，只聽語音檔➡❷邊看英文句，邊聽語音檔➡❸不看英文句子，聽到什麼唸什麼➡❹邊看英文句子，邊將聽到的內容唸出來〕。

①

I'm going to move.
我打算搬家。

②

I'm going to see my friend.
我準備去見我的朋友。
😊 see 也有「見面」的意思。

③

I'm going to attend the meeting.
我打算去開會。
😊 attend 動 出席

④

I'm going to go to the gym.
我準備去健身房。

⑤

I'm going to go shopping.
我打算去買東西。

⑥

It's going to rain.
好像快下雨了。
😊 從天空烏雲密布等情況來推測。

換句話說 ↻

在下列英文句子的空格中填入單字，試著描述自己預定的計畫吧。

I'm going to go to ⌐ ⌐ .
我打算去 ⌐ ⌐ 。

😊 試著在空格裡填入自己打算去的地方吧。

I'm going to ☐ (不及物動詞).
I'm going to ☐ (及物動詞) ☐ .
我打算 ☐ 。

😊 試著在空格裡填上自己打算做的事吧。

使用 be going to 來表示未來的否定句、疑問句

使用 be going to 的否定句和疑問句與現在進行式的否定句及疑問句一樣（第54頁），只要在 be 動詞後面加上 not 就是否定句，將 be 動詞移到句首就是疑問句。

● 否定句

主詞＋be not going to＋及物動詞（原形）＋受詞

將 not 放在 be 動詞後面就是否定句。

英文	I	am not going to	play	tennis.
中文	我	不打算打		網球

💡 記住一個原則：只要句子裡有 be 動詞，造否定句時 not 就要緊跟在 be 動詞後面。與其一一背下每個句型，不如牢記法則，這樣文法學起來才會更輕鬆。

● 疑問句

be 動詞＋主詞＋going to＋及物動詞（原形）＋受詞＋？

只要將 be 動詞移到句首，就能造出疑問句。

英文	Are	you	going to watch	TV?
中文	嗎	你	（當時）準備看	電視

💡 回答的方法與 be 動詞的疑問句一樣（見第32頁）。

Are you going to watch TV?
— Yes, I am./ No, I'm not.

朗讀練習

依照下列順序練習，慢慢用英文來理解英文吧。〔❶不看英文句子，只聽語音檔➡❷邊看英文句，邊聽語音檔➡❸不看英文句子，聽到什麼唸什麼➡❹邊看英文句子，邊將聽到的內容唸出來〕。

①
You're not going to believe this.
你應該無法相信。

②
I'm not going to tell you.
我不會告訴你的。

③
That's not going to happen.
那是不會發生的。

④
Are you going to come to the party?
你打算來參加派對嗎？

⑤
Are you going to attend the meeting?
你會去參加會議嗎？

換句話說 ↻

在下列英文句子的空格中填入單字，試著描述自己的情況吧。

I'm not going to ☐ (不及物動詞).
I'm not going to ☐ (及物動詞) ☐.
我不打算 ☐ 。

😊 試著在空格裡填上自己近期不打算做的事吧。

Are you going to ☐ (不及物動詞)?
Are you going to ☐ (及物動詞) ☐?
你打算 ☐ 嗎？

😊 假設詢問親朋好友的情況，詢問對方「你打算～嗎？」

使用 will 來表示未來的肯定句

助動詞 will 表示說話者的意願。因此除了「未來」，有時也能用來表達「預測」或「請求」。

主詞＋will＋及物動詞（原形）＋受詞

只要將 will 放在動詞前面就能用來表達未來。

英文	I	will	play	tennis.
中文	我	要打（有意志的未來）		網球

will 是以「意志」為概念的助動詞。我們在第 3 章中還會學到其他助動詞，但是要注意一點，那就是接在助動詞後面的動詞要用原形。

汪！重點來了　will 表示的未來

will 表示說話者的「意志」。舉例來說，當我們打開冰箱說：「沒有茶，那去買吧！」時，這個時候要用 will。

因為表達的是「意志」，所以預測的時候也能派上用場。此外，疑問句也能用來表示請求，也就是「可以幫忙～嗎」。

例 Will you bring tea from the fridge?
你可以幫我從冰箱裡拿茶過來嗎？

主詞＋will 通常會使用縮寫形式。如果沒有使用縮寫形式，就會是強調 will（意志）的語意。

縮寫形式	
I will	➡ I'll
You will	➡ You'll
He will	➡ He'll
She will	➡ She'll
It will	➡ It'll
We will	➡ We'll
They will	➡ They'll

按照時態學習簡單的英文表達

朗讀練習

依照下列順序練習，慢慢用英文來理解英文吧。〔❶不看英文句子，只聽語音檔➡❷邊看英文句，邊聽語音檔➡❸不看英文句子，聽到什麼唸什麼➡❹邊看英文句子，邊將聽到的內容唸出來〕。

①

I'll try.
我會試看看的。

②

I'll do it.
我會做的。

③

I'll do my best.
我會盡力而為的。
🐾 do one's best：竭盡全力

④

I'll miss you.
我會想你的。
🐾 miss：想念

⑤

It'll be fine.
會放晴。／會沒事的。

⑥

He'll be home.
他會在家。

換句話說 ↻

在下列英文句子的空格中填入單字，試著描述自己或親朋好友的情況吧。

I'll ☐（不及物動詞）.
I'll ☐（及物動詞）☐.
我會 ☐ 的。

😊 試著在空格裡填上自己近期要做的事吧。
要注意，will 與 be going to 的不同在於要做的不是已經決定的事。

He'll ☐（不及物動詞）.
He'll ☐（及物動詞）☐.
他會 ☐ 。

😊 假設親朋好友「接下來會做～」來練習替換例句吧。

使用will來表示未來的否定句、疑問句

在有will的否定句和疑問句中，只要在一般動詞前加will not（或縮寫形式 won't）就是否定句，將will放在句首就是疑問句。

● 否定句

主詞＋will not＋及物動詞（原形）＋受詞

將not放在will後面就是否定句。

英文	I	won't	play	tennis.
中文	我	不要打（有意志的未來）		網球

😊 don't和won't有何不同呢？舉例來講，"I don't cry."只是用來陳述「我不哭」。相形之下，"I won't cry."則是重在「意志」，也就是「我不會哭的」。

● 疑問句

will＋主詞＋及物動詞（原形）＋受詞＋?

只要將will移到句首，就能造出疑問句。

英文	Will	you	watch	TV?
中文	要嗎（有意志的未來）	你	看	電視

😊 此例句回答的方法如下。
Will you watch TV?
— Yes, I will./ No, I won't.

74

朗讀練習

依照下列順序練習，慢慢用英文來理解英文吧。〔❶不看英文句子，只聽語音檔➡❷邊看英文句，邊聽語音檔➡❸不看英文句子，聽到什麼唸什麼➡❹邊看英文句子，邊將聽到的內容唸出來〕。

①

I won't buy it.
我不會買這個。

②

It won't be long.
不會花太久時間。

③

He won't go to school.
他不會去學校。

④

Will you marry me?
你願意嫁給我嗎？

😊 這種情況用 will 會比 be going to 合適。

⑤

Will you join us?
你會參加嗎？
🐾 join 動 參加

⑥

Will you go shopping?
你會去買東西嗎？

換句話說 ↻

在下列英文句子的空格中填入單字，試著描述自己的情況吧。

I won't ☐ (不及物動詞).
I won't ☐ (及物動詞) ☐.
我不會 ☐。

😊 試著在空格裡填上自己近期不打算做的事吧。

Will you ☐ (不及物動詞)?
Will you ☐ (及物動詞) ☐?
你會／想 ☐ 嗎？

😊 假設詢問親朋好友的情況，問對方「你會／想～嗎」。

爲基本句子添加要素

接下來在第3章將告訴大家如何為在第2章學到的簡單英文句子添加「時間」、「地點」、「方法」等要素。

我們在第2章中只學到簡單的英文句，也就是英文的基本架構，還沒加上「時間」、「地點」等＋α的資訊。

例如我們在第2章舉出了「He played tennis.（他打網球。）」這個過去式的例句。但原本的句子應該是「He played tennis yesterday.（他昨天打了網球。）」，也就是要添加「何時」之類的時間要素，這樣說出來的句子才算自然。

因此在第3章中會採用下列方式，一邊比較句型，一邊繼續帶領大家學英文。

現在式
I play tennis every day.
我每天都會打網球。

現在進行式
I am playing tennis now.
我現在正在打網球。

過去式
I played tennis yesterday.
我昨天打了網球。

過去進行式
I was playing tennis then.
我當時正在打網球。

未來式
I'm going to play tennis tomorrow.
我明天打算去打網球。

第3章中還會逐一為大家解說如何添加「在哪裡」、「如何做」、「和誰」等其他要素。
只要以慢慢添加要素的方式來學習英文，除非內容相當複雜，否則大多數的資訊都能自然而然地用英文來表達喔。

第3章

添加要素豐富表達內容

我們要在第3章中學習添加「時間」、「地點」、「方法」、「對象」等其他要素的方法。只要將其他要素加入已經學過的簡單英文句子中，英文的表達範圍就會更加廣泛喔。

添加時間要素

只要加上時間要素，說英文的時候句意就會更詳細。
有時會為了強調而將表示時間的要素移到句首，但基本上通常是放在句尾。

主詞＋及物動詞（過去式）＋受詞＋時間

添加「時間」要素。

英文	He	played	tennis	yesterday.
中文	他	打了	網球	昨天

只要將時間要素放在句尾，就能用來表達「什麼時候」。
至於時間相關的單字，將會彙整在80～81頁。

汪汪筆記 **各個時態適合搭配的時間單字**

每個時態都有適合搭配的時間單字。先讓我們用在第2章中學到的簡單英文句子加上時間要素來比較看看吧。

現在式	I play tennis on Sundays.	我會在星期天打網球。
現在進行式	I am playing tennis now.	我現在正在打網球。
過去式	I played tennis yesterday.	我昨天有打網球。
過去進行式	I was playing tennis then.	我當時正在打網球。
未來式	I'm going to play tennis tomorrow.	我明天打算打網球。

依照下列順序練習，慢慢用英文來理解英文吧。〔❶不看英文句子，只聽語音檔➡❷邊看英文句，邊聽語音檔➡❸不看英文句子，聽到什麼唸什麼➡❹邊看英文句子，邊將聽到的內容唸出來〕。

添加要素豐富表達內容

①  I run every morning.
我每天早上都會跑步。

②  I created a Google account yesterday.
我昨天開了一個Google帳戶。

③  I was sleeping then.
我那個時候正在睡覺。

④  He was busy then.
他那時候在忙。

⑤  He's sleeping now.
他現在正在睡覺。

⑥

I'm going to go fishing next week.
下週我要去釣魚。

在"I study English.（我學習英文。）"這句話後加上時間要素，
並試著分別用現在式、現在進行式、過去式、過去進行式和未來式來替換練習吧。

 I study English ⌐ ¬（時間）.
我 ⌐ ¬（時間）
學習英文。

😊 請參考左頁的「汪汪筆記」。
可以成為時間要素的單字則彙整在下一頁。

表示時間的用語

在此為大家彙整了常用來表達時間要素的用語。要注意的是，有些可以表達過去，也可以表達未來。像「今天」既可以用於未來，也可以用於過去。例如「我今天要去學校（未來）」或「我今天已經去學校了（過去）」。

描述過去的時間用語

ago（〜前） three years ago（3年前） three days ago（3天前） an hour ago（1小時前）	I visited Tokyo **three years ago**. 我 **3 年前**曾走訪東京。
last（上個〜） last year（去年） last summer（去年夏天／今年剛過的夏天） last month（上個月）　last week（上週） last night（昨晚） last Sunday（上個星期天）	I visited Tokyo **last year**. 我**去年**曾走訪東京。 I visited Tokyo **last Sunday**. 我**上星期天**有去東京。 ☺️ 星期或月分的前面如果有last、next、this、every 這幾個單字，就不需要加上on和in這些介系詞。
yesterday（昨天） yesterday morning（昨天早上） the day before yesterday（前天） today（今天） this morning（今天早上） this year（今年）	I went to the library **yesterday**. 我**昨天**去圖書館。 I went to the library **today**. 我**今天**去了圖書館。 I went to the library **this morning**. 我**今天早上**去了圖書館。
at that time（那個時候）　then（當時） recently（最近）　in the past（以前）	I was playing tennis **then**. 我**當時**在打網球。

描述未來的時間用語

in（〜後） in an hour（1小時後）　in three days（3天後） in three years（3年後）	I'm going to visit Tokyo **in three days**. 我打算 **3 天後**去東京。
next（下一個） next month（下個月） next summer（下個夏天） next year（明年）　next Sunday（下星期天）	I'm going to visit Tokyo **next month**. 我打算**下個月**去東京。
tomorrow（明天） tomorrow morning（明天早上） the day after tomorrow（後天） today（今天）　this morning（今天早上） tonight（今晚）this year（今年） this Sunday（這個星期天） by tomorrow（到明天）	I will go to the library **tomorrow**. 我**明天**要去圖書館。 I will go to the library **today**. 我**今天**要去圖書館。 I will submit the papers **by tomorrow**. 我會在**明天以前**交出文件。😊 papers：文件
soon（不久） later（待會） in the future（將來）	I will call you back **later**. 我**稍後**回電給你。

其他典型的時間用語

after（～之後），**before**（～之前） after school（下課後） before the deadline（截止日以前） 用於過去、未來和現在。	I will go shopping **after school**. 我**下課後**要去買東西。
最近、這陣子 nowadays（現今，時下） these days（這幾天） 通常用於現在式。	I don't play tennis **these days**. 我**最近**沒有打網球。

特定時間的典型用語

in the morning（在上午） at noon（在中午） in the afternoon（在下午） in the evening（在傍晚） at night（在晚上） in the winter / in winter（在冬天）	I went shopping **in the morning**. 我**上午**去買東西了。

加在季節前的"in the～"有時可以不加the，但是特定的季節一定要加the。

在晚上不說"in the night"，大多習慣用"at night"。有一說這是因為「晚上活動的時間比白天還要短，所以要用以點為概念的at」。關於介系詞的概念在第23頁的一覽表中已經介紹過了，接下來再次確認at、on和in所表達的概念吧。

at	on	in
at是以「點」為概念的介系詞，可以用在能意識到某個點的狹小範圍內。	on是以「接觸」為概念的介系詞，感覺就像緊貼在月曆上。	in是以「在某種情況之中」為概念的介系詞。可以用在範圍比較廣的時間上。
at 9 a.m.（在上午9點） at noon（在中午） at that time（那個時候）等	on Sunday（在星期天） on the weekend（在週末） on April 1st（在4月1日）等	in April（在4月） in 2021（在2021年） in (the) winter（在〔那個〕冬天）等

（汪汪筆記） 想要確認「"next Sunday"是哪個星期天？」的時候

因為人或情況的不同，"next Sunday" 有時會讓人搞不清楚是指下個星期天，還是這個星期天。中文也是一樣，要是有人對我們說「下一個星期天」，有時候也是會無法明確知道是哪個星期天吧？所以當我們想要確認的時候，不妨試著詢問對方"Do you mean this coming Sunday?（你是指這個禮拜的星期天嗎？）Do you mean～?"的意思是「你是指～嗎？」

添加場所要素

在前面的內容已簡單說明過表示存在的be動詞（28頁），這裡要介紹將副詞或介系詞與名詞組合，就可以在句中添加場所要素的用法。

主詞＋不及物動詞＋場所＋時間 添加「在哪裡」＋「什麼時候」等要素。

只要將場所要素放在句尾，就能用來表達「在哪裡」。如例句所示，基本上「地點在前，時間在後」，但若能順便記住時間有時也會出現在前面，遇到例外情況就不會不知所措了。

汪！重點來了　at、on、in容易讓人誤解的概念

at　at是以「點」為概念的介系詞，可以用在能意識到某個點的狹小範圍內。

at the station 在車站
at the restaurant 在餐廳

on　以「接觸」為概念的介系詞，感覺就像是緊貼在某個場所上。

on the desk　在桌子上
on the street　在街上
on the wall　在牆上

in　in 是以「在～之中」為概念的介系詞。可以用在範圍比較廣的空間上。

in the kitchen　在廚房
in Tokyo　在東京

汪汪筆記　其他典型的場所概念

behind the building
建築物後面

in front of the building
建築物前面

by the window
靠窗邊

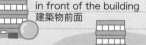

around the building
建築物周圍

under the table
桌子下

next to the building
建築物旁邊

依照下列順序練習，慢慢用英文來理解英文吧。〔❶不看英文句子，只聽語音檔➡❷邊看英文句，邊聽語音檔➡❸不看英文句子，聽到什麼唸什麼➡❹邊看英文句子，邊將聽到的內容唸出來〕。

添加要素豐富表達內容

①
We had dinner at the restaurant.
我們在餐廳吃晚餐。

②
He put the pen on the desk.
他把筆放在桌子上。

③
I live in Tokyo.
我住在東京。

④
The cat is sitting by the window.
貓坐在窗邊。

⑤
I'm waiting in front of the building.
我正在大樓前面等。

⑥
I'll show you around.
我來帶路吧。

在"I put the pen.（我放筆。）"中加入場所要素，試著替換練習吧。

I put the pen ┌──┐.
我把筆放在 └──┘ 。

回答範例

- I put the pen here.　　　　我把筆放在這裡。
- I put the pen on the desk.　我把筆放在桌上。
- I put the pen in the bag.　　我把筆放在提包裡。

添加頻率要素

表示頻率的要素基本上要放在動詞前面。只要加上「多久做一次」這項要素，就能表達句意更加詳細的英文了。

主詞＋頻率＋及物動詞＋受詞　　添加「頻率」要素。

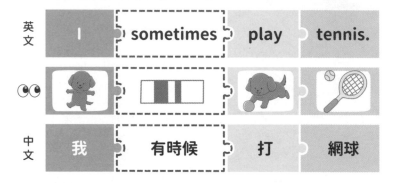

英文	I	sometimes	play	tennis.
中文	我	有時候	打	網球

頻率要素幾乎都會放在動詞前面。不過由兩個以上的單字所組成的片語，例如 "once a week"（每週一次）則是要放在句尾。

汪汪筆記 表示頻率的副詞及片語

只要和下列例句一樣加上副詞或表示次數的片語，就能夠傳達做某件事的頻率。

I **always** play tennis after school.	我下課後**總是**習慣去打網球。
I **usually** play tennis after school.	我平常下課後**通常**都會去打網球。
I **often** play tennis after school.	我下課後**經常**去打網球。
I **sometimes** play tennis after school.	我下課後**有時候**會去打網球。
I **hardly ever** play tennis.	我**不常**打網球。
I play tennis **once a week**.	我**一週**打**一次**網球
I play tennis **twice a week**.	我**一週**打**兩次**網球
I play tennis **three times a week**.	我**一週**打**三次**網球
I play tennis **every day**.	我**每天**都會去打網球。
I play tennis **almost every day**.	我**幾乎每天**都會打網球。

2個字以上的語句要放在句尾。另外，只要將 a week 換成 a month（一個月）或 a year（一年）就能更改期間了。 **例** once a month 每個月一次

用 be 動詞而非一般動詞時，頻率要素放在 be 動詞後面，而不是和動詞一樣放在前面。

例 He is always kind. 他總是很親切。

朗讀練習

依照下列順序練習，慢慢用英文來理解英文吧。〔❶不看英文句子，只聽語音檔➡❷邊看英文句，邊聽語音檔➡❸不看英文句子，聽到什麼唸什麼➡❹邊看英文句子，邊將聽到的內容唸出來〕。

①  That's not always true.
事情未必總是如此。

②  I usually listen to music.
我通常都會聽音樂。

③  I often go to the gym.
我常常去健身房。

④  I sometimes go out
for a few drinks.
我有時會出去喝幾杯。

⑤  I hardly ever watch TV.
我很少看電視。

⑥  I go to the gym twice
a week.
我每週上兩次健身房。

換句話說 ↻

在"I study English.（我讀英文。）"這句話後面加上頻率要素，並試著替換自己的情況來練習吧。若能和下方回答範例一樣加上場所以及時間要素的話，說出口的英文會更自然喔。

 I ⬚⬚(頻率) study
English.

我 ⬚⬚(頻率) 學習英文。

（回答範例）

・I usually study English after dinner.
我通常都是在晚餐後讀英文。

・I often study English at the coffee shop.
我經常在咖啡廳裡讀英文。

添加程度要素

表示程度的要素基本上要放在對象單字的前面。只要加上「某種程度」這項要素，就能表現出句意更加詳細的英文了。

主詞＋be動詞＋程度＋補語

添加「程度」要素。

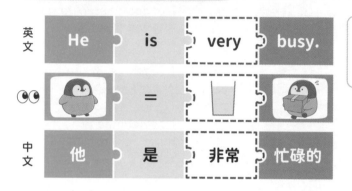

英文 He is very busy.

中文 他 是 非常 忙碌的

> 只要將程度要素放在對象單字前面，就能用來表示「某種程度」。

 汪！重點來了 **表示程度的要素**

表示程度的單字意思通常都差不多，要是一口氣全部背下來的話反而會搞混，所以不妨先將下列這幾個較具代表性的背下來吧。

He is too busy.
他太忙了。
too：太～

He is so busy.
他實在是很忙。
so：多麼，非常

He is very busy.
他非常忙。
very：非常
（一般表示「非常」的說法）

He is really busy.
他真的很忙。
really：真的

 He is quite busy.
他相當忙。
quite：相當（形容的程度視情況而定）

He is pretty busy.
他還算忙。
pretty：還算

 He is a little busy.
他有點忙。
a little：有點

> 除此之外還有其他表示程度要素的說法，日後若是遇到就加以整理，牢記在心吧。此外，圖中的水量只是一個概念，並不代表實際的百分比。
> 若是有人問中文的「非常」與「真的很～」哪一個次數比較頻繁，應該不太有人能回答得出來。英文也是一樣，因為這通常都會隨著情況以及說話方式而改變。

添加要素豐富表達內容

依照下列順序練習，慢慢用英文來理解英文吧。〔❶不看英文句子，只聽語音檔➡❷邊看英文句，邊聽語音檔➡❸不看英文句子，聽到什麼唸什麼➡❹邊看英文句子，邊將聽到的內容唸出來〕。

①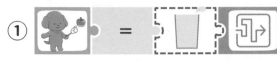

It's too complicated.
這太複雜了。
complicated 形 複雜的

②

He's so cute.
他好可愛。

③

You are really beautiful.
你真的很美。

④

It's quite difficult.
這相當困難。

⑤

Pretty good.
還不錯。

⑥

It's a little far from here.
距離這裡有點遠。

在"He is… ."中加上「程度要素＋形容詞」，並試著利用各種說法來替換練習吧。

He is ⌐ ¬(程度) □(形容詞).
他 ⌐ ¬(程度) □(形容詞)。

請參考左頁"He is ○○ busy."的句型變化。
形容詞方面可以選擇 smart（聰明的），kind（親切的）或 cute（可愛的）。

87

添加確信要素

表示確信的要素基本上要放在對象單字的前面或者是句首。只要加上「確信」這項要素，就能表達句意更加詳細的英文了。

主詞＋will＋確信＋不及物動詞　添加「確信」要素。

| 英文 | I | will | definitely | go. |

只要加上確信要素，就能夠表達「有多少自信」。

| 中文 | 我 | （有意志的未來） | 絕對會 | 去 |

汪！重點來了　表示確信的要素

表示確信的單字和表示程度的單字類似，意思通常都差不多，因此不妨先背下這幾個典型的表現方式吧。這一類的詞通常會放在對象單字前面，這裡則是放在will和動詞之間。不過maybe與perhaps通常會出現在句首。

I will definitely go.
　我絕對會去。
🐾definitely 副 絕對地

I will certainly go.
　我一定會去。
🐾certainly 副 一定

I will probably go.
　我大概會去。
🐾probably 副 大概

Maybe I will go.
　我可能會去。
🐾maybe 副 可能
😊確信的程度會因情況而有所改變。

Perhaps I will go.
　我也許會去。
🐾perhaps 副 也許
😊口氣比maybe還要正式。

I will possibly go.
　我可能會去。
🐾possibly 副 也許，可能

汪汪筆記　單字的意思固然重要，但是……

不用說，上方的圓餅圖比例當然會因為說話的方式及情況而改變。即使是中文，用「可能」這個詞想要表達的確定程度，也會因為情況不同而有所差異。

朗讀練習

依照下列順序練習，慢慢用英文來理解英文吧。〔❶不看英文句子，只聽語音檔➡❷邊看英文句，邊聽語音檔➡❸不看英文句子，聽到什麼唸什麼➡❹邊看英文句子，邊將聽到的內容唸出來〕。

①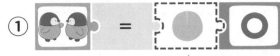

You are certainly right.
你完全沒錯。

②

This is probably wrong.
這可能是錯的。

③

You will definitely like it.
你一定會喜歡它的。

④

Perhaps it will rain tomorrow.
明天也許會下雨。

⑤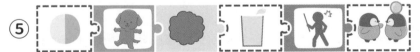

Maybe I was too harsh on you.
我可能對你太苛刻了。

* harsh on～：對（某人）嚴厲

換句話說

在"I will come back."裡加入各種確信要素來替換練習吧。
這樣就能用英文詳細地表達出「我一定會回來」或者是「我可能會回來」等句子了。

I will come back.
我會回來的。

請參考第88頁的"I will go."。

添加要素豐富表達內容

添加態度、狀態要素

表示態度、狀態的要素所擺放的位置有好幾個。讓我們一邊整理，一邊確認吧。

主詞＋不及物動詞（過去式）＋態度　添加「態度」要素。

英文	He	listened	carefully.

中文	他	聽	仔細地

😊 只要將態度要素加在後面，就能夠用來表達「是什麼樣的態度」了。

汪！重點來了　態度、狀態要素的基本位置

1 動詞後面

如果是不及物動詞，表示態度、狀態的要素原則上要放在動詞後面。

例 She speaks slowly. 她說得很慢。

2 補語、受詞後面

英文句中如果有需要搭配補語或受詞的不完全不及物動詞與及物動詞，就要放在補語或受詞後面。

例 I can hear you clearly. 我聽得很清楚。

😊 講電話或視訊會議時經常用到的句子。
🐾 can：能（見第100頁）。

3 句首

在說明整個句子的時候要移到句首。不過有時候在強調態度或狀態要素的時候，會放在動詞前面。因為可以擺放的位置非常多，建議大家好好整理，以免混淆。

例 Apparently, she misunderstood the problem. 看樣子她誤解了問題。

汪汪筆記　其他典型的態度、狀態副詞

suddenly（突然地）	honestly（誠實地）
actually（實際上）	basically（基本上）
fortunately（慶幸地）	unfortunately（不幸地）
generally（大體上）	loudly（大聲地）
quickly（迅速地）	clearly（清楚地）

😊 同為表示狀態的要素，但非-ly結尾的well和fast基本上只放在動詞、受詞或補語後面。

例 I know you well.
我很瞭解你。

例 He runs fast.
他跑得很快。

添加要素豐富表達內容

朗讀練習

依照下列順序練習，慢慢用英文來理解英文吧〔❶不看英文句子，只聽語音檔➡❷邊看英文句，邊聽語音檔➡❸不看英文句子，聽到什麼唸什麼➡❹邊看英文句子，邊將聽到的內容唸出來〕。

①  It happened suddenly.
事情發生得很突然。

②  It's basically the same thing.
這基本上是一樣的。

③

Honestly, I'm tired of this work.
坦白說，我已經厭倦了這份工作。　be tired of～：厭倦～

④

Unfortunately, it rained yesterday.
很可惜昨天下雨。

⑤

I didn't mean it literally.
我不是這個意思。

literally在口語中意指「真的、實在地」，算是比較通俗的表達方式。

例 I literally like him.　我真的很喜歡他。

換句話說

試著將在第2章換句話說練習時用來陳述自己情況的英文句子，以及在第2章學到的簡單SVO、SVC句中添加態度、狀態要素。

例
Basically, I wake up at 7 a.m.　基本上我都是早上7點起床。
Apparently, he is busy.　他顯然很忙。
I walk slowly.　我慢慢走。

添加手段要素

只要使用介系詞，就可以添加手段要素，例如「使用什麼工具」或「交通工具是什麼」。

主詞＋不及物動詞＋介系詞＋名詞＋手段　　添加手段要素。

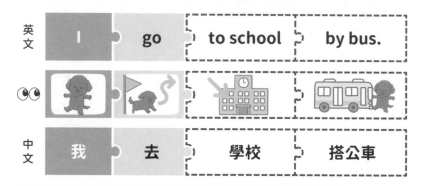

| 英文 | I | go | to school | by bus. |
| 中文 | 我 | 去 | 學校 | 搭公車 |

😊 只要添加手段要素，就能進一步詳細說明情況。by 是以「接近」為概念的介系詞，只要記住「靠近公車」＝「搭公車」，這樣背的時候會更輕鬆。

汪！重點來了 表示手段時會用到的by和with

手段要素主要可以用 by 與 with 來表示。

1 by　交通方式、通訊方式

例 I go to school by bus.　我搭公車去學校。
　　by train（搭火車／電車）　　by taxi（搭計程車）　　by bicycle（騎自行車）
例 I will send a letter by express mail.　我會寄快捷郵件。

😊 by 的後面之所以不加 a，原因在於這裡的 by 是用來表示手段、方式，並非在談論具體的火車、電車或公車（見第16頁）。另外，「徒步」的英文是"on foot"，不過用"I walk to school"會比較自然。

2 with　道具

例 I wrote a letter with a pen.　我用筆寫了信。

😊 with 和 "I go to school with my friend.（我和朋友一起上學。）"一樣，通常帶有「一起」這個意思。

除此之外，by 和 with 還有其他用法。

朗讀練習

依照下列順序練習，慢慢用英文來理解英文吧。〔❶不看英文句子，只聽語音檔➡❷邊看英文句，邊聽語音檔➡❸不看英文句子，聽到什麼唸什麼➡❹邊看英文句子，邊將聽到的內容唸出來〕。

添加要素豐富表達內容

①

I go to work by train.
我搭火車去上班。

②

It takes 3 hours by car.
搭車要3個小時。 😊take 動 拿，花費（時間）

③

I eat with chopsticks.
我用筷子吃飯。 😊chopsticks 图 筷子

④

I hung out with my friend.
我和朋友一起玩。
😊 hang out：閒逛，閒晃

⑤

I will inform you by email.
我再用電子郵件通知你。

換句話說 ↻

在下列英文句中加入各種手段要素，試著替換練習吧。

I go to school /
work by ⌐ ¬.
我搭乘 ⌐ ¬ 去學校／去上班。

😊 試著在空格裡填入自己的情況來替換練習吧。就算是遠距工作，也盡量試著在空格裡填上某種交通工具。

It takes ☐ by ⌐ ¬.
用 ⌐ ¬（方法）需要 ☐（時間）。

😊 試著替換練習句型，說出從現在的所在地到學校／公司搭乘○○（方法）需要△△（時間）吧。

添加關聯要素

只要使用介系詞添加關聯要素，就能針對「關於某件事」加以說明。試著說明與想法、談話以及擔憂有關的內容吧。

主詞＋不及物動詞＋關聯　　添加關聯要素。

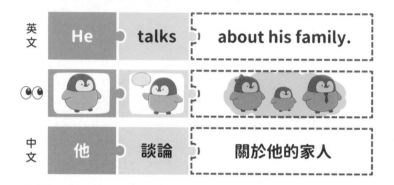

英文	He · talks	about his family.
中文	他 · 談論	關於他的家人

😊 只要添加關聯要素，就能進一步詳細說明。about 是以「周邊」為概念的介系詞，因此「他家人的周邊」意思就等於「關於他的家人」。

🐶 **汪！重點來了** 　表示關聯要素的介系詞

「關於～」通常會用 about 或 of 來表達（還有其他說法）。

about（關聯）
・worry about（擔心）
・hear about（聽說）
・think about（想一想）

about 是以框在雲朵裡的對象物的相關事物為概念的介系詞。

of（隸屬）
・be afraid of（害怕）
・hear of（聽說）
・think of（想到）
・inform A of B（通知A有關B的事）
・remind A of B（提醒A有關B的事）

of 是以所屬對象本身為概念的介系詞。

😊 有些動詞和 think 或 hear 一樣，about 和 of 都可以使用，有的則是只能搭配使用其中一個。

朗讀練習

依照下列順序練習，慢慢用英文來理解英文吧。〔❶不看英文句子，只聽語音檔➡❷邊看英文句，邊聽語音檔➡❸不看英文句子，聽到什麼唸什麼➡❹邊看英文句子，邊將聽到的內容唸出來〕。

①

I worry about you.
我很擔心你。

②

I'm afraid of thunder.
我怕打雷。

③

This picture reminds me of my childhood.
這張照片讓我想起了童年。 🐾 childhood 图 童年

④

I will inform you of the details later.
我稍後通知你詳情。

⑤

I'm thinking of buying a new computer.
我正在考慮買台新電腦。

😊 "I'm thinking of" 後面只要加個動名詞（見第192頁），就能用來表達「我考慮～」。

換句話說 ↻

在下列英文句子的空格中填上關聯要素，試著描述自己的情況吧。

We talked about ⌐⌐⌐.
我們談過 ⌐⌐⌐。

😊 試著在空格裡填上今天或昨天說過的話吧。

I'm afraid of ⌐⌐⌐.
我會怕 ⌐⌐⌐。

😊 試著在空格裡填上會讓自己害怕的事情吧。

構成數字要素的用語

除了特定數字，還有一些表示「一些」、「許多」等可以成為數字要素的語句。就讓我們在這一節確認幾個典型的例子吧。

● many / much / a lot of（很多，許多）

學校的老師告訴我們要這樣區分使用。

可數名詞	不可數名詞
many books a lot of books	much water a lot of water

注意，在肯定句中用 much 並沒有錯，但在現實生活中並不常用，通常會用a lot of來代替。

例 △ I drank much wine.　我喝了很多紅酒。
　　○ I drank a lot of wine.　我喝了很多紅酒。

如果前面有too或so的話，那麼反而是much比較常用。

例 ○ I drank too much wine.　我喝太多紅酒了。

否定句和疑問句也常用much。

例 ○ I don't have much time.　我沒有什麼時間。

● some和any

原則上來講，any通常用於否定句，some則是較常用在肯定句中。

例 I don't have **any** pets.　　🐾 any：（在否定句中）一個人／一個～也沒有
　　我一隻寵物也沒有養。

例 I have **some** money.　我有一些錢。　🐾 some：一些

那麼在疑問句中要用哪一個呢？學校的老師或許會告訴大家any會用在否定句和疑問句，some則是用在肯定句。但是在下列例句當中，我們卻看到疑問句有時也可以用some。

例 Would you like **some** water?　　例 Do you have **any** questions?
　　你要不要喝些水呢？　　　　　　　　有什麼問題嗎？

any意味著不清楚有沒有，而some則是意指有一些，但不清楚確切的數字。因此詢問「你要不要喝些水呢？」的人若是使用意指「不清楚有沒有的any」，句子就會顯得不自然。

另外除了否定句和疑問句，any也會出現在肯定句中。

例 It was done without **any** problem.　沒有發生任何問題地完成了。
　　🐾 done：完成，結束　　🐾 without ～：沒有～

● few和little

當要表示的數字比some還要少時就可以使用a few / few / a little / little來表示。
有沒有加上a，意思會有點不一樣。

可數名詞	不可數名詞
例 I have a few friends. 我有一些朋友。	例 I have a little money. 我有一些錢。
例 I have few friends. 我幾乎沒有朋友。	例 I have little money. 我幾乎沒有錢。

● all/every/each

all意指「全部」

例 All the students like Wanwan.
　　所有學生都喜歡汪汪。

這句話的焦點是「全部」，因此名詞要採複數形式（不可數名詞除外）。

every意指「不管哪一個」

例 Every student likes Wanwan.
　　不管是哪個學生都很喜歡汪汪。

因為是「不管哪一個」，焦點在於「所有的每一個人」，故名詞要用單數。

each意指「每一個」

例 Each student has a unique ID.
　　每個學生都有獨立的ID。

這句話的焦點是「每一個人」，因此名詞要用單數。

● no

和"I have no idea.（我毫無頭緒。）"這句話一樣在名詞前加no的話，有時可以用來表示「完全沒有～」。

● 不可數名詞的數法

在第1章已經簡單說明過有些名詞和水一樣，是無法用「1個、2個」的方式來數，但若裝入可以數成「1瓶、2瓶」的500ml保特瓶，或者是「1杯、2杯」的杯子裡的話，那就可當作可數名詞。

不可數名詞	water 💧	可數名詞	bottle of water glass of water

另外還有"a slice of bread（1片麵包）"、"a piece of furniture（1件家具。家具不像桌子、櫃子或椅子有個具體的形態，因此不可數），以及"a tablespoon of sugar（1大匙糖）"等表達方式。只要遇到這樣的句型，就順便整理起來吧。

其他常用的副詞、形容詞

除了到目前為止介紹的副詞和形容詞之外，還有幾個相關的單字一定要記住。接下來就來看看這些典型的副詞、形容詞以及主要的使用方式吧。

● 常用的副詞、形容詞與典型用法

❶ such 形 **那樣的**

與其他形容詞不同，要放在冠詞前面。

例 He didn't say such a thing. 　　　他沒有那樣說。

❷ such as　像～之類

例 I like fruit such as apples. 　　　我喜歡蘋果之類的水果。

❸ only 形 **只是～，只有～**

例 This is the only way. 　　　這是唯一的方法。

例 He was only six years old. 　　　他當時只有6歲。

❹ just 副 **只是，剛好**

例 I'm just kidding. 　　　我只是在開玩笑。

例 I just arrived. 　　　我剛到。

> just 也可以搭配完成式（見第146頁）。

❺ enough 形 **足夠的**

例 That's enough. 　　　已經夠了。

例 I have enough time. 　　　我有足夠的時間。

❻ even 副 **連～，甚至**

放在要強調的字詞前面。

例 I don't even know. 　　　我根本就不知道。

例 Even the dog can read this book. 　連狗都看得懂這本書。

　can：能（見第100頁）。

❼ still 副 **還是，還在**

例 I'm still waiting. 　　　我還在等。

> 目前已經說明了幾個常用副詞的用法，但是這些詞還可以用來表達其他意思，因此我們要養成一個習慣，那就是看到自己不知道的說法時就先暫停下來，查一下字典或用 Google 搜尋意思。

● 現在分詞和過去分詞的形容詞用法

雖然現在分詞和過去分詞名稱上寫著現在和過去，但這兩個詞代表的並不是時態。
現在分詞（-ing，現在進行式形態的動詞）可以當作形容詞來使用，意指「正在～，讓～」。

例 sleeping dog　正在睡覺的狗

另外，過去分詞（-ed，與過去式不同，有不規則變化）也可以當作形容詞來使用，意思是「被～」。
不少過去分詞的形態與過去式相同，但是有些動詞變化並不規則。我們當然可以製作一張表格一口氣把它記下來，但與其死背，遇到之後加以整理再牢記在心會比較好喔。

例 broken window　　被打破的窗戶
　　※弄壞：break（原形）➡ broke（過去式）➡ broken（過去分詞）

在表達情感時，我們通常會傾向使用具有「正在～」這個意思的現在分詞，但是當主詞是人（情緒的所有者）時，反而要用意指「讓人～」的過去分詞，這點要特別留意。

例 It's boring.　　這很無聊。
　　 I'm bored.　　我好無聊。

形容「這（主詞）」很無聊的時候要用ing。

讓「我（主詞）」無聊的時候要用ed。

另外還有一種形態是從後面，而不是從前面修飾單字，這個部分我們將會在「後置修飾」（見第202頁）中學到。

典型的不規則變化動詞（過去式和過去分詞有的相同，有的不同。）				
中文	原形	過去式	過去分詞	現在分詞
帶來	bring	brought	brought	bringing
思考	think	thought	thought	thinking
拿走	take	took	taken	taking
擁有	have	had	had	having
站立	stand	stood	stood	standing
坐	sit	sat	sat	sitting
理解	understand	understood	understood	understanding
得到	get	got	got/gotten	getting
說	say	said	said	saying
製作	make	made	made	making

在肯定句中加上 can

只要加上助動詞can，就能為動詞添加「會～」、「可以～」、「有時也會～」的意思了。

主詞＋can＋及物動詞（原形）＋受詞

只要把 can 放在動詞前面，就能加入「可以、會」的意思。

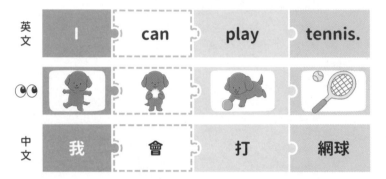

| 英文 | I | can | play | tennis. |
| 中文 | 我 | 會 | 打 | 網球 |

汪！重點來了　can 的概念

除了「會～」，can 還有好幾個意思，例如可能性（也會這麼做）、許可（可以這麼做）及請求（可以拜託這麼做嗎）。

為了理解含義豐富的can，我們不妨用「可能性」這個概念來理解can，這樣比較好聯想。既然是有可能性，那麼就能用來表達「會」、「有時會這麼做」、「可以這麼做」，以及「可以拜託這麼做嗎」，讓表達的意思更加豐富。

例 Anybody can make a mistake.　　無論是誰都可能會犯錯。
　anybody：（在肯定句中）任何人

例 You can use my computer.　　你可以用我的電腦。

例 Can you come with me to the shopping mall?
你願意陪我一起去購物中心嗎？

若要表示「會」，我們也可以使用"be able to"這個句型。它的用法幾乎與can相同，但是規則更加詳細，像是要搭配其他助動詞一起使用時，就要用"be able to"而不是can。

例 You will be able to speak English soon.　　你很快就能開口說英文的。

汪汪筆記　意思都是「說」的動詞之間有何差異

這次朗讀練習登場的是say、speak、tell。接下來就我們簡單地彙整出這些含義相似的單字究竟各有何不同。

| say 專注在所說的「內容」上 | tell 傳達、告知 | speak 專注在說話的「行為」上 | talk 對話 |

朗讀練習

依照下列順序練習，慢慢用英文來理解英文吧。〔❶不看英文句子，只聽語音檔➡❷邊看英文句，邊聽語音檔➡❸不看英文句子，聽到什麼唸什麼➡❹邊看英文句子，邊將聽到的內容唸出來〕。

添加要素豐富表達內容

①  **You can do it.**
你做得到的。

②  **I can handle it.**
交給我吧。
handle 動 處理

③  **I can tell the difference.**
我能分辨差異。
tell the difference：分辨差異

④

You can say that again.
你說的沒錯（可以再說一次）。

⑤

He can speak English well.
他英文說得不錯。

換句話說

試著用 can 來表達「會～」。

 **I can** ⬚ （不及物動詞）.
I can ⬚ （及物動詞）⬚ .
我會 ⬚ 。

替換成自己「會做的事」，例如「彈鋼琴」、「打棒球」、「游泳」或「說中文」。

 **He can** ⬚ （不及物動詞）.
He can ⬚ （及物動詞）⬚ .
他會 ⬚ 。

試著在空格裡填上親朋好友「會」的事情吧。

can 的否定句、疑問句

在否定句和疑問句中，只要將 cannot（或縮短形式 can't）放在動詞前面就是否定句，將 can 移到句首就是疑問句。

● 否定句　主詞＋cannot＋及物動詞（原形）＋受詞

將 not 放在 can 後面就是否定句。

英文	I	cannot	play	tennis.
中文	我	不會	打	網球

> cannot 通常不會在 can 和 not 之間留空格，而且習慣用縮寫形式的 can't，但 t 幾乎不發音（見第 226 頁）。若是不知如何區分讀音，索性用 cannot 也是可以。

● 疑問句　can＋主詞＋及物動詞（原形）＋受詞＋?

只要將 can 移到句首，就能造出疑問句。

英文	Can	you	play	tennis?
中文	會	你	打	網球

> "Can you～?" 意指委託，那麼 "Can I～?" 就可以造出徵求許可的疑問句。相關例句大家在做朗讀練習時可以確認。

> 回答的方式有：Can you play tennis?　Yes, I can./No, I can't.

朗讀練習

依照下列順序練習，慢慢用英文來理解英文吧。〔❶不看英文句子，只聽語音檔➡❷邊看英文句，邊聽語音檔➡❸不看英文句子，聽到什麼唸什麼➡❹邊看英文句子，邊將聽到的內容唸出來〕。

添加要素豐富表達內容

①
Can I borrow it?
我可以借這個嗎？

②
Can you come with me?
你能跟我一起去嗎？

③
I can't tell the difference.
我看不出差別。

④
I can't stand it.
我無法再忍受了。
😊 stand 有「忍受」的意思。

⑤
Can I have some water, please?
可以給我一些水嗎？
😊 最後加上 please 會更有禮貌。

換句話說 ↻

試著用 can 來造句，表達徵求許可或拜託對方吧。

Can I ☐ （不及物動詞）?
Can I ☐ （及物動詞） ☐ ?
我可以 ☐ 嗎？

😊 試著在空格裡填上自己「想要徵求許可的事」吧。
例如「我可以參加嗎」、「我可以跟你借筆嗎」。

Can you ☐ （不及物動詞）?
Can you ☐ （及物動詞） ☐ ?
可以拜託你 ☐ 嗎？

😊 假設自己有事要拜託身旁的人，試著替換練習吧。
例如「可以麻煩你打開窗戶嗎？」等。

在肯定句中加上 have to

have to 可以為動詞加上「必須～」這個意思。這個詞嚴格來說不是助動詞,卻擁有相同作用。但要注意一點,have to 的否定句和疑問句與助動詞的句子有所不同。

主詞＋have to＋不及物動詞(原形)＋副詞

have to 放在動詞前面,為句子加上「必須～」這個意思。

英文	I	have to	study	more.
👀	🐩	🐩📖✏️		🧠↑
中文	我	必須學習		更多

汪!重點來了 **have to 的概念**

to
have

"have to" 可以分解為 have(擁有)＋to(抵達點)。由於字面上的意思是「擁有做某件事」,意思轉化之後就是「必須～」了。

我們在學校學到的第一個「必須～」單字可能會是 must,但是 must 語氣太過強烈了,所以在日常生活中 "have to" 會比較常用。至於 must 則是常用來表達「必須」以外的意思(見第108頁)。

😊 如果主詞是第三人稱單數,have 要改為 has。

例 He has to study more. 他要多用功才行。

😊 過去式的話要改成 had。

例 He had to study more. 他(那個時候)應該要多用功的。

😊 要注意,否定句的話直譯是「沒有應該要做的事」,所以意思就是「沒有需要這麼做」,千萬不要誤以為既然是「非做不可」的否定句,而理解「不可以這麼做」喔。

例 You don't have to study French. 你不需要學法語。

朗讀練習

依照下列順序練習，慢慢用英文來理解英文吧。〔❶不看英文句子，只聽語音檔➡❷邊看英文句，邊聽語音檔➡❸不看英文句子，聽到什麼唸什麼➡❹邊看英文句子，邊將聽到的內容唸出來〕。

添加要素豐富表達內容

①
I have to go.
我該走了。

②
We have to be quiet.
我們要小聲一點。

③
You have to study more.
你要多用功才行。

④
We have to take off our shoes.
我們必須要脫鞋。
😸 take off 脫掉～

⑤
I have to wake up early.
我必須要早起。

⑥

I had to work late last night.
我昨晚必須要工作到很晚。

換句話說 ↻

試著使用 "have to" 替換練習句型，說說「自己非做不可的事情」吧。

I have to ☐ (不及物動詞).
I have to ☐ (及物動詞) ☐ .
我必須 ☐ 才行。

😊 試著說出「非做不可的事情」吧。
例如「我要回家了」或「我要睡覺了」。

You have to ☐ (不及物動詞).
You have to ☐ (及物動詞) ☐ .
你必須 ☐ 才行。

😊 試著在空格裡填上親朋好友「不得不做的事」吧。

have to 的否定句、疑問句

在have to的否定句和疑問句中，只要將don't / doesn't 放在have to面就是否定句，將do / does 移到句首就是疑問句。

● **否定句** 　將 **don't** 放在 **have to** 前面，造出否定句。

主詞＋don't＋have to＋不及物動詞（原形）

英文	You	don't	have to　come.
中文	你	不	需要來

💭 主詞為第三人稱單數時要用does來代替do，縮寫形式為doesn't。"have to" 在否定句中意指「不需要〜」。

● **疑問句** 　只要將 **do** 移到句首，就能造出疑問句。

Do＋主詞＋have to＋不及物動詞（原形）＋?

英文	Do	I	have to　come?
中文	嗎	我	需要來

💭 回答時要說 "Yes, you do." / "No, you don't."

朗讀練習

依照下列順序練習，慢慢用英文來理解英文吧。〔❶不看英文句子，只聽語音檔➡❷邊看英文句，邊聽語音檔➡❸不看英文句子，聽到什麼唸什麼➡❹邊看英文句子，邊將聽到的內容唸出來〕。

添加要素豐富表達內容

①
You don't have to hurry.
你不必著急。

②
You don't have to worry.
你不需要擔心。

③
Do I have to take off my shoes? 我應該要脫鞋嗎？

④
Do I have to change trains? 我要轉車嗎？

⑤
Do you have to wake up early tomorrow?
你明天必須早起嗎？

換句話說 ↻

試著用下列加上 "have to" 表達否定和疑問的英文句子來描述自己的情況吧。

You don't have to ___ (不及物動詞).
You don't have to ___ (及物動詞) ___.
你沒有必要 ___ 。

☺ 試著在空格裡填上親朋好友
「沒有必要做的事」吧。例如「不需要買那個」等。

Do I have to ___ (不及物動詞)?
Do I have to ___ (及物動詞) ___?
我應該要 ___ 嗎？

☺ 將空格替換成「非做不可的事」，
例如「一定要走這麼快嗎？」等。

在肯定句中加上 must

只要加上助動詞 must，就能為動詞添加「必須～」、「一定～」、「務必要～」的意思了。不過在日常對話當中，must 的「必須～」這個意思並不常用。

主詞＋must＋be動詞（原形）＋補語

must 放在動詞前面，為句子加上「必須～」這個意思。

英文	You	must	be	tired.
中文	你	一定	是	累了

汪！重點來了 must的概念

我們在學校學到的 must 意思是「一定要～」，但是 must 這個詞的語氣太過強烈，因此在一般日常對話中若要說「必須～」，通常都會用 "have to"。不過有兩種情況也可以用 must。

情況迫切的時候

例 I must submit this paper by the end of the day.
我今天非得交出這份文件不可。

陳述規則或指示的文件

例 You must fasten your seat belt.
你要繫好安全帶。

為了理解含義如此豐富的 must，我們不妨將這個單字理解成「一定要」和緊接在後的概念一起做，這樣比較好聯想。如此一來，這個字的意思就能從義務和命令（必須）擴展到確信（一定～）、強烈邀請（務必要～）和禁止（〔加上 not〕不得不～）了。

例 You must try this restaurant.　你一定要去這家餐廳看看。
例 We must not go there.　我們不可以到那裡。

must 沒有過去式，若要表示「當時不得不～」的話，那就要用 "had to"。

朗讀練習

依照下列順序練習，慢慢用英文來理解英文吧。〔❶不看英文句子，只聽語音檔➡❷邊看英文句，邊聽語音檔➡❸不看英文句子，聽到什麼唸什麼➡❹邊看英文句子，邊將聽到的內容唸出來〕。

①  You must be hungry.
你一定很餓吧。

② We must be careful.
我們要小心。

③  He must be busy.
他一定很忙。

④  You must be Wanwan.
你應該是汪汪吧。
（你一定是汪汪。）

⑤  You must come.
你非來不可。

⑥  You must be kidding.
你一定是在開玩笑。

換句話說

試著替換練習，完成「你一定～」的句型。只要稍微改變一下「你一定很忙」或者之前出現過的例句，就能表達出「你一定很累」之類的意思了。

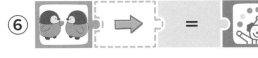 You must be ☐.
你一定☐。

汪汪筆記

◉想要表達「必須～」這個意思時要是用上 "You must..." 這個句型，說話的語氣會變得非常強烈，故在對話中不常出現。

◉在說明客觀性義務時，因為陳述的並不是說話者的意見，所以要用 "have to" 而不是 must。例如當我們想要表達對方因為有門禁而「不得不回家」時，那就要用 "have to" 來陳述，也就是 "He has to go home."。

must 的否定句、疑問句

在否定句和疑問句中，只要將 must（或縮寫形式 mustn't）放在動詞前面就是否定句，將 must 移到句首就是疑問句。

● 否定句　將 not 放在 must 後面就是否定句。

主詞＋ must not ＋及物動詞（原形）＋受詞

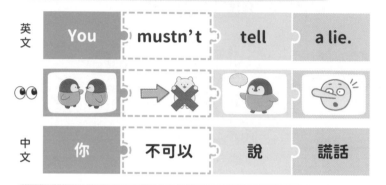

英文	You	mustn't	tell	a lie.
中文	你	不可以	說	謊話

"要注意的是，"must not" 有禁止的意思，也就是「不可以～」，這一點與 "do not have to"（不需要～）不同。另外，其縮寫形式是 mustn't。

● 疑問句　只要將 must 移到句首，就能造出疑問句。

Must ＋主詞＋及物動詞（原形）＋受詞＋？

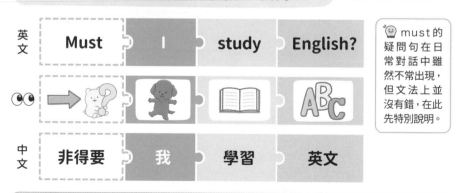

英文	Must	I	study	English?
中文	非得要	我	學習	英文

must 的疑問句在日常對話中雖然不常出現，但文法上並沒有錯，在此先特別說明。

回答的方式是 "Yes, you must. / No, you don't have to ."。"must not" 的意思是「不可以做」，因此我們的回答如果是 No，那麼回答時就要說 "don't have to"，也就是「不必這麼做」。

朗讀練習

依照下列順序練習，慢慢用英文來理解英文吧。〔❶不看英文句子，只聽語音檔➡❷邊看英文句，邊聽語音檔➡❸不看英文句子，聽到什麼唸什麼➡❹邊看英文句子，邊將聽到的內容唸出來〕。

①
You must not smoke here.
你不能在這裡抽菸。

②
You must not break promises.
你不可以毀約。

③
We mustn't run in the room.
我們不可以在房間裡奔跑。

④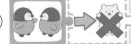
You must not park your bicycle here.
你不可以把腳踏車停在這裡。 🐾park 動停車

⑤
We must not take pictures here.
我們不可以在這裡拍照。

換句話說 ♻

參考「朗讀練習」的例句，假設「不可以○○」的場景來試著替換練習吧。

You must not ☐（不及物動詞）.
You must not ☐（及物動詞）☐.
你不可以 ☐ 。

汪汪筆記 ✏ "must not"以外的禁止表現

除了"must not"，還有一些擁有「不要～／不可以～」之意的表達方式。

· Please don't worry. 請不要擔心。（見第138頁）
· You are not allowed to run in the room. 你不行在房間裡奔跑。（見第143頁）
· Reproduction is prohibited. 禁止複製。
· No smoking 禁止吸菸（"no＋名詞／動名詞意指「禁止○○」）

在肯定句中加上 should

只要加上助動詞 should，就能為動詞添加「最好～」、「應該要～」、「理應～」的意思。

主詞＋should＋不及物動詞（原形）＋副詞

should 放在動詞前面，為句子加上「最好～」的意思。

英文	You	should	study	more.
👀				
中文	你	應該要	學習	更多

汪！重點來了　should的概念

除了「最好～」，should 還有好幾個意思。
像是用來表達推測（應該～吧）或意外、驚喜（竟然～）。

例 He **should** be there very shortly.　　他應該快到那裡了吧。
例 She **should** say such a thing.　　她怎麼能說出這種話呢？

為了理解含義豐富的 should，我們不妨用「指示」這個概念來理解 should，如此一來意思就能擴展到「應該要～／最好～」、「理應」、「竟然」了。但要注意的是，should 的「應該要～」這個意思語氣比較溫和，有時候翻譯成「～比較好」或許較為妥當。

😊 在英文會話中，"be supposed to" 這個句型也經常用來表達「理應～」。suppose 的意思是「假設」，字源的意思是「放在底下」。因此只要我們想像 "be supposed to" 是要將「應該要做的事」放在底下，就會比較容易記住這個片語的用法了。

例 I am supposed to go shopping with my friends tomorrow.
　我打算明天和朋友去買東西。
例 Vitamin C is supposed to cure the common cold.
　一般認為維生素 C 可以治療感冒。

例 You are not supposed to smoke at school.
　你不該在學校抽菸。
例 I was supposed to go shopping with my friends yesterday.
　我昨天原本打算和朋友去買東西的（但是沒去）。
※ 在過去式當中，「應該要～」這個詞包括了「但當時卻沒有這麼做」的含義。

依照下列順序練習，慢慢用英文來理解英文吧。〔❶不看英文句子，只聽語音檔➡❷邊看英文句，邊聽語音檔➡❸不看英文句子，聽到什麼唸什麼➡❹邊看英文句子，邊將聽到的內容唸出來〕。

添加要素豐富表達內容

①
We should read books.
我們應該要看書。

②
You should be careful.
你最好要多加小心。

③
You should think about it.
你應該考慮一下。

④
You should know better.
你應該要更清楚。
(＝你最好要先知道。)

⑤
It should be ok.
應該沒事的。

⑥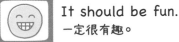
It should be fun.
一定很有趣。

試著利用should這個句型在空格裡填入自己或親朋好友「應該要做的事情」吧。

I should ☐ (不及物動詞).
I should ☐ (及物動詞) ☐.
我應該要 ☐ 。

試著替換練習句型，說出「應該要做的事情」，例如「我應該要運動」、「我應該要學英文」等。

He should ☐ (不及物動詞).
He should ☐ (及物動詞) ☐.
他應該要 ☐ 。

試著在空格裡填上親朋好友「應該要做的事情」吧。

should 的否定句、疑問句

在否定句和疑問句中，只要將 should not（或縮寫形式 shouldn't）放在動詞前面就是否定句，將 should 移到句首就是疑問句。

● **否定句** 將 not 放在 should 後面就是否定句。

主詞＋should not＋及物動詞（原形）＋受詞

英文	You	should not	buy	this computer.
中文	你	不應該	買	這台電腦

should not 也可以縮寫成 shouldn't。

● **疑問句** 只要將 should 移到句首，就能造出疑問句。

should＋主詞＋及物動詞（原形）＋受詞＋?

英文	Should	I	buy	this computer?
中文	應該	我	買	這台電腦

回答的方式如下。
Yes, you should. / No, you don't have to.（不，你不用買。）
（要回答「你不應該買。」的話，那就是 "No, you shouldn't."）

朗讀練習

依照下列順序練習，慢慢用英文來理解英文吧。〔❶不看英文句子，只聽語音檔➡❷邊看英文句，邊聽語音檔➡❸不看英文句子，聽到什麼唸什麼➡❹邊看英文句子，邊將聽到的內容唸出來〕。

①

You shouldn't waste your time.
你不該浪費時間的。

②

You shouldn't worry.
你不用擔心。

③

You shouldn't say such a thing.
你不應該那樣說。

🐾 such a thing 那種事

④

Should I get the vaccine?
我該打疫苗嗎？

⑤

Should I buy bitcoin?
我該買比特幣嗎

⑥

Should I take off my shoes?
我需要脫鞋嗎？

換句話說

試著用下列以should表達否定和疑問的英文句子來描述自己的情況吧。

You should not ＿＿＿ （不及物動詞）.
You should not ＿＿＿ （及物動詞） ＿＿＿ .
你不應該 ＿＿＿ 。

😀 試著在空格裡填上「不應該做的事」，
例如「不應該浪費錢」或「不應該喝酒」。

Should I ＿＿＿ （不及物動詞）?
Should I ＿＿＿ （及物動詞） ＿＿＿ ?
我是不是該 ＿＿＿ ？

😀 試著詢問對方「自己該不該做這件事」來替換練習吧。
例如「我明天該早起嗎？」等。

在英文句子中加入 may

只要加上助動詞 may，就能為動詞添加「可以～」、「說不定～」的意思。

主詞＋may＋不及物動詞（原形）＋副詞

may 放在動詞前面，為句子加上「可以～」這個意思。

英文	You	may	come	in.
中文	你	可以	進來	裡面

 汪！重點來了　**may的概念**

只要記住 may「有股力量」就可以了。上述例句中的「你可以進來」是老師對學生的說話方式。只要腦子裡有這個概念，就能更容易理解 may 的用法了。

要是將「有股力量」這個概念與「可以這樣，也可以不這樣。總之確信度（應該）有50％」、「拜託老天爺幫忙～」連結在一起，就會比較容易記住意思。

- may 的否定句和疑問句的構成方式與其他助動詞相同。改成否定句的話意指「不應該」或「可能不會」。疑問句在向上級請求許可時可以派上用場。

- "May I～" 這個疑問句的回答方式，在文法上為 "Yes, you may." 或 "No, you may not."。但是使用 may 的時候通常會給人一種上級允許這麼做的印象，所以這時候通常都會以 can 來回答，例如 "Yes, you can." 或 "I'm afraid you can't."。
  - I'm afraid：很抱歉，但～（見第199頁）

- 除了「可以～」，may 還有好幾個意思。
  像是用來表達推測（應該～吧）或期望（但願～）。
  - 例 It may rain tomorrow.　　　　明天搞不好會下雨。
  - 例 May your dreams come true!　願你的夢想成真！（表示期望時，may 要移到句首）

依照下列順序練習，慢慢用英文來理解英文吧。〔❶不看英文句子，只聽語音檔➡❷邊看英文句，邊聽語音檔➡❸不看英文句子，聽到什麼唸什麼➡❹邊看英文句子，邊將聽到的內容唸出來〕。

添加要素豐富表達內容

①  =

He may be late.
他可能會遲到。

②  =

You may be right.
你搞不好是對的。

③

You may not use the camera flash.
你不該使用閃光燈拍照。

④

May I have your name, please?
請問貴姓大名？

⑤

May I ask you a question?
我可以問你一個問題嗎？

用may和can將句子改成徵求許可的疑問句吧。

May I ☐（不及物動詞)?
May I ☐（及物動詞）☐ ?
我可以 ☐ 嗎？

😀 試著在空格裡填入自己「想向上級徵求許可的事情」吧。
例如，「您能借我○○嗎？」等。

Can I ☐（不及物動詞)?
Can I ☐（及物動詞）☐ ?
我可以 ☐ 嗎？

😀 試著在空格裡填上自己「想要徵求許可的事」，順便複習can的用法。
不過這個句型的語氣比較直接，最好用在向朋友詢問許可的時候。

117

在英文句子中加入 could

只要加上助動詞 could，就能為動詞添加「（已經）可以～」、「搞不好～」的意思了。
助動詞若是改成過去式，就可以用來表示「疏遠程度」。既然有「疏遠」的意思，那麼
說法就會變得比較婉轉。例如用來表達缺乏信心以及禮貌程度。

主詞＋could＋不及物動詞（原形）＋副詞

could 放在動詞前面，為句子加上「做到了～」這個意思。

英文	I	could	run	fast.
👀	🐕	🐕	🐕	FAST
中文	我	做到了	跑步	快

汪！重點來了　could 的概念

除了「做到了～」，could 還有好幾個意思，例如以表示可能性（或許）或疑
問句的方式來徵求許可（可以～嗎），或者是口氣委婉地請求對方（可以請您
～嗎）。換句話說，擁有這些含義的句型在英文對話中反而較為常見。

例 It could be true.　　　　　　　或許是那樣吧。
例 Could I borrow your pen?　　　我可以跟你借支筆嗎？
例 Could you say that again?　　　可以麻煩你再說一次嗎？

could 之所以會有這個意思，原因在於過去式帶有
「疏遠」的概念。只要保持距離，就能遠離直接
的表達方式。表達的內容確信程度不高，語氣上
會變得更加委婉。

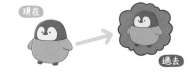

“was / were able to” 也有「做到了」這個意思。
以 “I could get some sleep on the plane.” 這句話為例，句子中使用了 could，聽者心中
可能會有兩種解釋，一個是「我在飛機上已經睡了一會兒。」另一個是「我可能會在飛機上
睡覺。」為了避免混淆，當我們過去某件事只做了一次時，那就用 “was / were able to”
這個句型來表達。

添加要素豐富表達內容

朗讀練習

依照下列順序練習，慢慢用英文來理解英文吧。〔❶不看英文句子，只聽語音檔➡❷邊看英文句，邊聽語音檔➡❸不看英文句子，聽到什麼唸什麼➡❹邊看英文句子，邊將聽到的內容唸出來〕。

①

I couldn't agree more.
你說的沒錯。（我不能同意你更多了。）
😊 couldn't = could not的縮寫形式

②

I could be wrong.
我可能錯了。

③

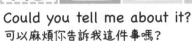
Could you tell me about it?
可以麻煩你告訴我這件事嗎？

😊 "Could you tell me ～？（可以麻煩你告訴我～）" 是常用句型

④

Could you say that again?　可以請你再說一遍嗎？

⑤

Could you speak more slowly, please?
可以麻煩你說慢一點嗎？

換句話說 ♻

用could將句子改成徵求許可的疑問句吧。

Could I ☐ ?
我可以 ☐ 嗎？
😊 試著表達出「想要徵求許可的事」吧。

Could you ☐ ?
可以麻煩 ☐ 嗎？
😊 試著表達出「想要拜託對方的事」吧。

在英文句子中加入 would

只要加上助動詞 would，就能為動詞添加「～吧」、「以前習慣～」的意思了。我們在未來式中學到 would 是 will 的過去式，大家應該會很納悶：什麼是「未來式的過去式」呀？就讓我們來學習其中的概念吧。

主詞＋would＋be動詞（原形）＋形容詞

would 放在動詞前面，為句子添加「～吧」的意思。

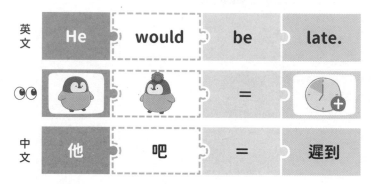

英文	He	would	be	late.
中文	他	吧	＝	遲到

汪！重點來了　would的概念

除了「～吧」，would 還有好幾個意思。
例如 "would like to" 可以用來表示願望（想要～）、口氣較有禮貌的請求（請問您願意～）以及表示過去的習慣（以前習慣～）。

例 I would like to get a massage.　我想要去按摩。

例 Would you open the window?　可以請你幫忙開窗嗎？

例 I would often play baseball.　我以前常打棒球。

※ 例句所舉的都是一些簡單的英文句，但是這個句型在使用的時候通常都會表示過去的句子一起搭配，例如 "When I was young, I would often play baseball."（"When..." 的文法說明見第218頁）。
would 之所以會有這個意思，其原因和 could 一樣，也就是過去式帶有「疏遠」這個概念。說話方式若是保有一段距離，語氣就會變得比 will 還要曖昧，這樣在表達上也會變得更禮貌。只要這麼記，就會比較容易聯想到「我以前習慣～」這個意思了。

不過 would 當然也可以當作 will 的過去式來使用。

過去的時間點「做～（意願）」　　　現在的「做～（意願）」

但是 would 較少單獨使用，通常會搭配表示過去的動詞。

例 He said he would come to the party.
他說過他會來參加派對的。（見第199頁）

朗讀練習

依照下列順序練習，慢慢用英文來理解英文吧。〔❶不看英文句子，只聽語音檔➡❷邊看英文句，邊聽語音檔➡❸不看英文句子，聽到什麼唸什麼➡❹邊看英文句子，邊將聽到的內容唸出來〕。

①  =

That would be great!
那真的太好了。
（謝謝你為我這麼做。）

②

I wouldn't say no.
樂意至極。（我應該不會說不吧。）
😊 wouldn't：would not 的縮寫形式

③

Would you like some coffee?
要喝杯咖啡嗎？

😊 would like ～：想要（語氣比 want 還要客氣的說法）

④

Would you like to come with us?　你願意和我們一起去嗎？

⑤

I'd like to play tennis.　我想打網球。
😊 I'd：I would 的縮寫形式

換句話說 ↻

試著用 "would like to" 表達自己「想做的事」或邀請對方的句子吧。

I would like to ⬜ .
我想 ⬜ 。

😊 試著在空格裡填入自己「想做的事」，例如「我想去～」。

Would you like to ⬜ ?
你要不要 ⬜ 呢？

😊 試著在空格裡填入邀約的內容，
例如「要不要去～」、「要不要來～」、「要不要參加～」等。

記起來更方便，would 的其他實用用法

接下來將補充說明 would 的其他實用用法，以及需要區分使用的情況。would 的使用方法相當豐富，若能善加利用會更方便。現在就一邊整理，一邊慢慢地記住這些句型吧。

常出現的 want to

意思和 would like to 一樣的 want to（想要）也是相當常見的句型，因此我們可以把這兩個句型一起記下來。語氣上 want to 比較直接，would like to 比較客氣。

例 I want to sleep. 我睏了。

> 😊 want 是用來直接表達「想要」。

表示過去習慣的 would 和 used to

used to 這個句型，意思和表示過去習慣的 would 相似。
其差別在於「used to 可以用來比較過去和現在」，而「用 would 無法得知現在的情況變得怎麼樣」。若是針對「以前有做～，但是現在已經沒再做」的話，used to 也可以來表示「我以前曾經打過棒球」。但如果是 would 的話，那就不能用來表達「過去的狀態」，例如「我以前是工程師」，因為 would 只能用來表達過去的習慣行為。

例 When I was young, I would often play baseball.
我年輕的時候常打棒球。

例 I used to be an engineer, but now I am an accountant.
我以前是工程師，現在是會計。

> 說話者想起了過去

> 過去

> 現在

> would   used to

> 以前有做，但現在沒做了

希望○○能做△△

只要按照下列語序，would like to 和 want to 也可以用來表達「希望○○能做△△」。留意「希望○○」的位置，並將這個句型記起來吧。

例 I would like you to come with us. 希望你能和我們一起來。
例 I want you to come with us. 我想要你和我們一起來。
例 Would you like me to help you? 你需要幫助嗎？
例 Do you want me to help you? 要我幫你嗎？

經常遇到的 Would you mind～? / Do you mind～？

"Do you mind / would you mind～?"這個句型可以用來詢問對方「可以請你幫忙～嗎」或「能不能幫忙～」。但要注意的是 mind 是帶有「介意」之意的動詞，如果我們回答"Yes, I do."，意思就會變成「我會介意／我不喜歡」。
說來或許有點複雜，不過"No, I don't."的意思卻是「我不介意（我可以）。」
例 Do you mind opening the window? 可以幫忙開窗戶嗎？
例 Would you mind opening the window? 你願不願意把窗戶打開呢？
另外如果在後面加上 if，也就是變成"Do you mind if..."這個句型的話，照樣能夠詢問對方「可以～嗎？」、「願意～嗎？」（見第213頁）。

添加要素豐富表達內容

不太常用的shall

「咦？突然想到學校還教過"shall"耶。should不就是shall的過去式嗎？」應該很多人都會這麼想吧？其實shall算是一種比較舊式的說法，在口語中幾乎沒有什麼機會出現，所以我們在本書中簡單說明，點到為止就好。

雖然我們的前提是有些地區或人也會用到這個字，但其實大家可以直接當作現在美國人幾乎已經不用shall這個字了。

● 不過下列是「的確還有還在使用」的3種句型，
　大家一定要牢記在心喔。

1　Shall we/I ○○？　我們／我是否該～？

像是"Shall we go？（我們走吧？）"這句話在「差不多該離開」的時候至今依舊經常聽到。

Shall we dance?

2　Let's ○○, shall we?　我們～吧？

也就是使用附加問句（見第168頁）的句型。
例如"Let's go, shall we?（我們走吧。好嗎？）"。
關於"Let's ○○"可見第138頁的解說。

3　法律文件中的「應該～」

shall雖然會出現在語氣相當嚴謹的法律文件上，但在日常對話中並不會出現，大家可以放心。如果有機會接觸到商業文件或合約書的話，shall這個字就有可能會出現。其實只要在腦子裡記住這個字「好像有這個意思」，這樣遇到就不會怕了。

（汪汪筆記）I shall return.（我一定會回來的。）

這個例句來自在歷史上鼎鼎大名的美國陸軍元帥，麥克阿瑟（Douglas MacArthur）。為什麼他不說"I will return."？

其實shall有「無可避免」或「必然性」的語氣，也就是意指「一定會發生～」。我個人是認為這和時代背景也有關，只是過去經常使用的shall到了現代已漸漸被will所取代了罷了。既然有了「一定會～吧」這個意思，那麼我們就可以看出"Shall I open the window?"與"May I open the window?"這兩句話的差異了。「（因為Shall的必然性）開個窗戶吧。」這句話其實隱含著「就整個對話流程來看，我覺得開個窗戶會比較好。Shall I?」不過現代人大多常用左頁介紹的問法，也就是"Do you want me to open the window?"。

"Shall we go?"這句話之所以到現在還在用，應該就是這個原因吧。當我們在說「差不多該走了吧」這句話時，通常背包都已經收好，也做好隨時出門的準備了，所以這句話才會到現在依舊非常實用。

確信的程度及強制力的大小

在複習助動詞的同時，並總結含義類似的單字，各自「確信」的程度和「強制力」的大小。不過我們的重點在於如何分別使用，程度大小就請大家斟酌參考。

● 確信程度的強弱

經常有人問：「這個助動詞的確信程度有多少？」與其用百分比來記，最重要的應該是助動詞的概念以及使用方法。當我們在說中文時，應該是不會一邊考慮「大概～」的百分比有多少，「肯定會～」的百分比又有多少吧？因為照理來說，重要的應該是「這種情況要用這個詞」，不是嗎？

話雖如此，還是可能會在意比例關係。因此這裡不打算標示出非常嚴謹的百分比，只將每個助動詞放在差不多的位置上讓大家有個概念。

```
                                          ⑥would  ⑦will
①could      ②might      ③may  ④can  ⑤should       ⑧must
─────────────────────────────────────────────────────────▶
                         50%                        100%
```

①could ：確信程度相當低。
②might ：國中英文中沒有學到、確信程度低、只能用來表示推測的may之過去式。不用說，確信程度當然比may低（用來陳述「搞不好～」的情況）。
③may ：如第116頁所述，確信程度約為50%。
④can ：因為「有可能」，所以確信程度略高於50%的may。
⑤should ：在指示上語氣不會過於強烈，確信程度也比50%高。
⑥would ：語氣比will弱，因此確信程度比will低。
⑦will ：正如「意志」這個概念，確信程度相當高。
⑧must ：正如「肯定～」這個意思，幾乎是100%確定。

● 強制力的大小

再來是「強制力的大小」。這個部分我們要多學一個說法。
下列這4個都是「做～比較好」的說法，不過強制力的大小各有不同。

①must ：強制語氣太過強烈，不常用。
②had better ：語氣稍微強烈的說法。有些人會被better這個語氣感覺溫柔的字眼所騙，誤以為這個句型強制力不大。
③have to ：最安全而且常用的說法。
④should ：有些人可能會被「應該要」這個意思所騙，誤以為這個字的強制語氣非常強烈，其實這是最溫和的說法。

②的had better要特別小心，因為這是將兩個語氣看似非常溫和的字組合起來的強烈表現。教科書上通常會解釋成「做～比較好」，但實際上這個說法帶有負面的語氣，也就是「如果不這麼做的話會有麻煩的」。通常會用縮寫形式。

例 You'd better go to the doctor. 　你最好去看醫生。

「助動詞到底是什麼？」與「do的小知識」

●助動詞到底是什麼？

　　助動詞是幫助動詞補充句意的詞類，只要加上助動詞，就能夠**將「說話者」難以用動詞表現出來的「心情或想法」陳述出來**。只要善用到目前為止學到的助動詞，例如在「來」這個動詞加上「**或許會來**」、「**應該會來吧**」、「**應該要來**」之類的字詞，就能為句子**補充更加細膩的語氣**，好傳達意思給對方。

　　要是沒有學會這樣的表達方式，不管是與人交談還是寫作，都會難以將想法好好傳遞出來。雖然助動詞不易區分使用，不如針對不清楚的地方再複習一次吧。

●**do 的小知識**

　　除了幫助一般動詞造出疑問句和否定句之外，do 也可以當作助動詞來為動詞補充句意。

　　話雖如此，這些 do 到底是從哪裡跑出來的呢？有人說「do的位置其實是在表示動作的一般動詞前面，但是通常都會**省略**」。

　　do 原本和下列例句一樣**藏在一般動詞前面**，為其注入動力，只有在造疑問句和否定句的時候才會現身。

　　He（**does**）**plays** tennis.　　　他打網球。

　　當do出現時，第三人稱單數時要加的 (e)s 就會反映在 do 上，因此句中的 play（動詞）就會回到原形。

　　Do**es** he play tennis?　　　　他打網球嗎？
　　He do**es**n't play tennis.　　　他不打網球。

　　過去式也是一樣，躲起來的 do 只會在疑問句和否定句中出現。

　　He（**did**）**played** tennis.　　　他打了網球。

　　既然 do 扮演著過去這個角色，那麼句中的 play（動詞）就會回到原形。

➡ Di**d** he play tennis?　　　　　他打網球了嗎？
➡ He di**d**n't play tennis.　　　　他沒有打網球。

　　這樣理解的話是不是有種「恍然大悟」的感覺，終於明白動詞為什麼要用原形了呢？另外，如果想要強調句意，原本躲起來的 do 也會現身。

　　I **do** care about him.　　　　　我**真的**很關心他。

　　學習一門語言時，一個小小的提示往往可以將許多東西串連起來，不管句型看起來有多難，只要慢慢梳理，理解起來並不難。是不是很有趣呢？

疑問詞＋be動詞的疑問句

到目前為止出現的都是「～嗎？」、「做了～嗎？」、「可以／會～嗎？」等只要用 yes 或 no 就能回答的疑問句。但若想要詢問「那個是什麼？」、「他是誰？」、「車站在哪裡？」等具體事物，那麼就要使用疑問詞了。

疑問詞＋be動詞＋主詞＋？

要詢問的補語部分改爲疑問詞，並且移到句首。
之後再依序加上be動詞及主詞。

| 英文 | **What** | **is** | **that?** |

😊 像 "What's that?" 這樣的縮寫形式也非常普遍。

😊 有時會針對 "What is that / this?" 這個句子再次指示 "That / This is ○○.", 不過這個時候通常會回答 "It is ○○.（這是○○。）"。

| 中文 | 什麼 | 是 | 那個 |

其他疑問句

	who（誰）	Who is he? 他是誰？	—He is Penpen. He is my friend. —他是澎澎，是我的朋友。
	where（哪裡）	Where am I? 這裡是哪裡？	—You are here.（一邊指著地圖。） —是這裡。（一邊指著地圖。）
	when（什麼時候）	When is the deadline? 截止日期是什麼時候？	—It is tomorrow 5pm. —是明天下午5點。
	how（如何）	How was your day? 今天如何？	—It was good. —還不錯。
	why（爲什麼）	Why is English important?　—Because it is the language of opportunity. 😊 opportunity：機會 為什麼英文很重要？　—因為會帶來更多的機會。 ※針對why的疑問句回答時，because（因為）要移到句首。	
	which（哪個）	Which is your dog? 哪隻是你的狗？	—This is mine. —這隻是我的狗。

😊 有些句型想要詢問的部分並不在補語這個位置（見第128頁）。

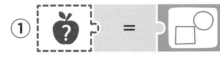

添加要素豐富表達內容

朗讀練習

依照下列順序練習，慢慢用英文來理解英文吧。〔❶不看英文句子，只聽語音檔➡❷邊看英文句，邊聽語音檔➡❸不看英文句子，聽到什麼唸什麼➡❹邊看英文句子，邊將聽到的內容唸出來〕。

①
What is the difference?
有什麼區別呢？

②
Who is he?
他是誰？

③
When is convenient for you?
你什麼時候方便？
🐾 convenient 形 方便、有空

④
Where is the restroom?
洗手間在哪裡？

🙂 美國有不少房子的浴室和廁所都在同一個空間裡，所以提到廁所時，通常會說bathroom。

⑤
How was your weekend?
上個週末過得如何？

換句話說

試著將下列疑問詞例句的空格換成符合自己的情況吧。

How was [ ] ?
[ ] 如何？

🙂 改寫成「詢問感想的問題」吧。
例如「電影怎麼樣？」、「考試考得如何？」等。

Where is [ ] ?
[ ] 在哪裡？

🙂 改寫成「詢問地點的問題」吧。

疑問詞＋一般動詞的疑問句

在一般動詞的疑問句＋疑問詞當中，可以透過各種方式具體詢問「受詞」、「介系詞的受詞」、「主詞」、「地點」，以及「時間」。

疑問詞＋do＋主詞＋及物動詞＋？

在一般動詞的疑問句＋疑問詞當中，可以透過各種方式具體詢問「受詞」、「介系詞的受詞」、「主詞」、「地點」，以及「時間」。

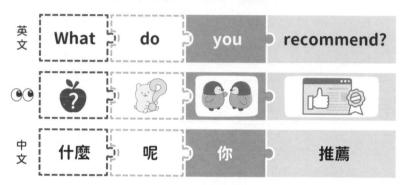

英文	What	do	you	recommend?
中文	什麼	呢	你	推薦

其他句型

詢問介系詞的受詞

Who do you go shopping with?　—I go shopping with my friend.
你和誰去買東西呢？　　　　　　—我和朋友去買東西。

詢問場所

Where do you want to go?　—I want to go to Tokyo.
你想去哪裡呢？　　　　　　—我想去東京。

☺ 詢問時間（when）、手段（how）及理由（why）的時候也是一樣，去掉相關部分之後，將疑問詞移到句首即可。

詢問主詞

What happened to him?　—He had an accident.
他發生什麼事了？　　　—他出車禍了。

☺ 這句話問的是 him（他），所以回答時 he 要當主詞。

形態會改變的who

同下列例句所示，詢問受詞時要用whom而不是who。但是在日常對話當中幾乎都是使用who，想要區別並不容易，因此建議大家記住「當作受詞的時候用whom」就可以了。另外，在詢問所有者時要用whose。

・詢問補語時	Who is he?	他是誰？
・詢問主詞時	Who cleaned this room?	誰打掃這個房間的？
・詢問受詞時	Who/Whom did you see?	你遇見誰了？

・詢問所有者（誰的東西）時
Whose pen is this?　這是誰的筆？　　　　　Whose is this pen?　這支筆是誰的？

朗讀練習

依照下列順序練習，慢慢用英文來理解英文吧。〔❶不看英文句子，只聽語音檔➡❷邊看英文句，邊聽語音檔➡❸不看英文句子，聽到什麼唸什麼➡❹邊看英文句子，邊將聽到的內容唸出來〕。

①

What do you think of it? 你怎麼看這件事？

🐾 think of ～：考慮
～（見第94頁）

🐾 think about ～：
想一想～（見第94頁）

②

How do you like Tokyo? 你覺得東京怎麼樣呢？

③

When did you visit Tokyo? 你什麼時候來東京的？

④

What do you do in your free time? 你放假的時候都在做什麼？

⑤

Which university did you graduate from?
你是哪所大學畢業的？ 🐾 graduate from～：從～畢業

換句話說 ↻

試著將下列疑問詞例句的空格換成符合自己的情況吧。

What do you
think of ⌐ ¬ ?
你怎麼看 ⌐ ¬ ?

💭 試著詢問對方「關於○○你的看法如何？」

How do you
like ⬚ ?
你覺得 ⬚ 如何？

💭 試著詢問對方「感想」吧。這個句型直譯是「有多喜歡」。也就是說，這個問法包含了「你喜歡～嗎？覺得如何呢？」的語氣。

疑問詞＋其他疑問句

只要將使用 be going to 的未來式疑問句，或者是有助動詞等的疑問句加上疑問詞，就能夠詢問更加具體的事情了。

疑問詞（時間）＋be動詞＋主詞＋going to

將想要詢問的時間要素改爲疑問詞之後移到句首。

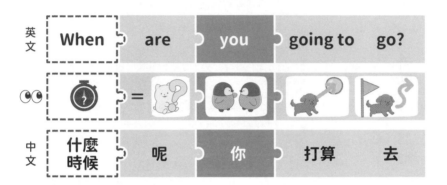

英文	When	are	you	going to	go?
中文	什麼時候	呢	你	打算	去

其他的疑問詞句型

以下是其他使用疑問詞的 "be going to" 例句。
右頁的朗讀練習則是使用 "疑問詞＋can I" 這個句型來造句。

Why are you going to see him?	你爲什麼會想去見他？
Where are you going to go?	你打算去哪裡？
How are you going to do it?	你打算怎麼處理這件事？
What are you going to do?	你想做什麼？
Who are you going to see?	你想去見誰？
Which are you going to choose?	你要選哪一個？

添加要素豐富表達內容

朗讀練習

依照下列順序練習，慢慢用英文來理解英文吧。〔❶不看英文句子，只聽語音檔➡❷邊看英文句，邊聽語音檔➡❸不看英文句子，聽到什麼唸什麼➡❹邊看英文句子，邊將聽到的內容唸出來〕。

①

What can I do for you?　有什麼事呢？（我可以幫你做什麼呢？）

②

Where can I buy it?　在哪裡可以買到這個呢？

③

When can I see you again?　下次什麼時候見面呢？

④

How could I forget?
我怎麼可能會忘記？（無論如何都不會忘記。）

⑤

How can I get to the station?　我要如何去車站呢？
🐾 get to ○○：到達○○

😀 "How can I go to the station?"的焦點在於「去的方法」。

換句話說 ↻

試著在下列使用了疑問詞與can的例句空格中換成符合自己的情況吧。

How can I
get to ⬚ ?
我要怎麼去 ⬚ 好呢？

😀 假設在旅行的時候想去某個觀光景點或美術館，
試著在空格裡填入自己「想去的地方」吧。

Where can I
buy ⬚ ?
⬚ 要在哪裡買呢？

😀 假設想買門票或郵票的情境，
試著在空格裡填入自己「想買的東西」吧。

131

疑問詞和單字的組合

「疑問詞＋其他單字」的組合就和在「一般動詞的疑問句＋疑問詞」中登場的「Whose pen is this?（這是誰的筆？）」或「Which university...?（哪間大學⋯⋯？）」一樣，可以讓詢問的內容會更加具體。

將疑問詞與其他字詞組合起來的時候要注意一點，那就是組合之後要一起移到句首，不可以拆開。例如"Which university did you graduate from?（你是哪一所大學畢業的？）"這個句子的語序就不會是"Which did you graduate from university?"，這點要特別留意。

● 其他「疑問詞＋其他單字」的組合

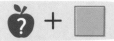

· What time do you usually sleep?	你通常都幾點睡覺？
· What day (of the week) is it today?	今天是星期幾？

> 😊 of the week 通常會省略。

· What date is it today?	今天是幾月幾號？
· What kind of sports do you like?	你喜歡什麼運動呢？

> 😊 "What kind of～?（什麼樣的～）"是常用句型。～的部分可以是單數名詞，也可以是複數。若要詢問某一種的話那就用單數形。 👥 kind 图 種類

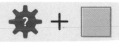

· How long does it take?	那個要花多久時間？
· How often do you play tennis?	你多久打一次網球？
· How many dogs do you have?	你養幾隻狗？
· How much is it?	多少錢？

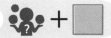

· Which bus goes to Tokyo station?	哪輛巴士可以去東京車站呢？
· Whose car is this?	這是誰的車？

日常對話常用的疑問句

這一頁將介紹在日常對話中能夠派上用場的實用句型。可別想說「不就是把英文單字排在一起，有什麼好玩的」。這些表達方式只要原封不動，或者是稍微替換一下，就能在各種場合派上用場了喔。

where

· Where are you from?　　你是哪裡人？
· Where are you based?　　你的（生活）據點在哪裡？

😊 這句話的問法沒有"Where do you live?（你住在哪裡？）"直接，算是比較有禮貌的說法。

what

· What do you do for a living?　　你從事什麼工作？

😊 這個句子經常將 for a living 省略，只說"What do you do?"。

· What do you do in your spare time?　　你放假的時候都在做什麼？

😊 也可以用"free time"，意思與"spare time"一樣。

· What is he like?　　　　　　　　他是一個什麼樣的人？（性格）
· What does he look like?　　　　　他長得什麼樣子？（外表）
· What are you doing?　　　　　　你（現在）在做什麼。
· What are you going to do tomorrow?　你明天打算做什麼？
· What brings you to Tokyo?　　　是什麼契機讓你來到東京的？

😊 問法比 Why did you come to Tokyo? 還要客氣。

how

· How about you?　　你呢？（回答問題之後反問對方相同問題）
· How's it going?　　（最近）怎麼樣？

😊 和"Hi there. How's it going?（嘿！最近好嗎？）"一樣是常用的問候句。

汪汪筆記

"What is he like?" 以及 "What brings you to Tokyo?" 等句型只要換個單字，就能應用在其他情況了。

其他容易混淆的單字

接下來要告訴大家如何區分及使用「other / another」和「nothing / something / anything」。就讓我們仔細看看這些讓許多學習者感到困惑的單字用法吧。

other和another

以下準備了簡單的例句，幫助大家瞭解other和another之間的差異。
在理解情境時，不妨將這些例句當作一大段文句中的其中一句話。

the other 特定的東西 剩下一個		有 2 隻動物。1 隻是狗，另外 1 隻是企鵝。這種情況要用 the other。 例 One of them is a dog, and the other is a penguin. 這裡頭其中 1 隻是狗，另 1 隻是企鵝。
the others 特定東西 剩下的全部		有 3 隻動物。1 隻是狗，另外 2 隻是企鵝。在這種情況之下要用 the others。 例 The others are penguins.　其他的都是企鵝。
another 不特定東西的 另外一個		在手上有 1 顆蘋果。但是還想要多要另外 1 顆蘋果。在這種情況之下要用 another。 ☺ 拆成 an + other 會比較好記。 例 I want another apple.　我想多要 1 顆蘋果。
others 不特定東西的 另外複數個		把 others 當成 another 的複數形式會比較好記。下方例句中的 "Some....., others....... （有些是〜，有些是〜。）" 是常用句型。 例 Some penguins like Wanwan, others don't. 有些企鵝喜歡汪汪，有些卻不喜歡。

something/anything/nothing

something、anything、nothing和第96頁的some、any 一樣，應該會讓許多人搞不清楚差別。現在就來重新整理看看吧。

- **something　某事**
  例 Something went wrong.　事情不對勁。
  　🐾 go wrong：進行不順利

- **anything　（否定句）什麼也（沒有）（疑問句）什麼事情／東西　（肯定句）任何事情／東西**
  例 I don't know anything.　我什麼都不知道。
  例 Do you know anything?　你知道什麼嗎？
  例 I can do anything.　我什麼事都可以做。

- **nothing　什麼也沒有**
  例 Nothing is impossible.　沒有不可能的事。　🐾 impossible 形 不可能的
  ☺ Anything is possible 的意思也是一樣。　🐾 possible 形 可能的

汪汪筆記 ✎ 〜thing若要加上形容詞，記得要放在後面

例 something important　重要的事情　　　　例 something cold　冷的東西

例 anything else　其他東西 🐾else 形 其他的　例 nothing special　沒什麼特別的

各種形容詞

名詞只要與形容詞組合在一起，例如 good question（好問題）、bad habit（壞習慣）、close friend（好朋友）、heavy rain（大雨），就能表達出更加明確的英文句意了。以下是一些典型的形容詞整理表。

添加要素豐富表達內容

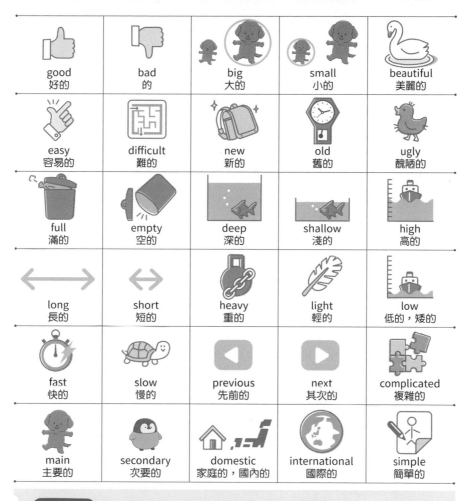

good 好的	bad 的	big 大的	small 小的	beautiful 美麗的
easy 容易的	difficult 難的	new 新的	old 舊的	ugly 醜陋的
full 滿的	empty 空的	deep 深的	shallow 淺的	high 高的
long 長的	short 短的	heavy 重的	light 輕的	low 低的，矮的
fast 快的	slow 慢的	previous 先前的	next 其次的	complicated 複雜的
main 主要的	secondary 次要的	domestic 家庭的，國內的	international 國際的	simple 簡單的

汪汪筆記

想不出單字的時候，那就換個說法吧。以 complicated（複雜的）這個有點難背的單字為例，就算一時想不起來，只要腦子裡浮現 simple（簡單的）這個單字就可以了。在這種情況之下若能說出 "not simple（不簡單）"，就能夠表達出相當接近 complicated 的語氣了。

增加實用的固定句型吧！

英文已經學到這個地方的人，說不定已經發現其實只要將一部分的常用句型，想像成拼圖一樣替換單字，就能用英文說出更加豐富的內容了。

只要改成Where，
「打算什麼時候去」
就會變成「打算去哪裡」

When　are　you　going to　go?

只要改成come，
「打算什麼時候去」
就會變成「打算什麼時候來」

come

大家若能理解了這一點，就能透過書中的「朗讀練習」及「換句話說」單元，將本書經常出現的句型在腦中重新組合了。

本書的文法解說順序不是依照難易程度，而是採用慢慢讓英文句子變得複雜的順序來編寫。這麼編排的目的，是希望大家把英文當作拼圖，以慢慢補上缺片的方式將句子組起來。

各位如果已經讀到這裡，那就代表應該已經掌握了英文的基本架構，而且英文能力還已經提升到可以補上必要資訊來造句了。

若要增加實用的固定句型，除了本書的例句，會建議大家如果發現「這個英文句子若是當作固定句型背下來，應該會很實用」的話，那就記下來，製作一本屬於自己的句型筆記。

好啦，接下來我們要在下一章學些到目前為止還沒學到的語序型態。

例如，「（主詞）被～」的被動語態。雖然英文只有在少數情況之下才會故意用被動語態，但是如果懂得如何使用這個句型的話，那就可以將行為者給省略了。

The building was built in 2000.
該建築**被建造**於2000年。

只要像這樣學習不同的英文句型，就能夠更加準確，並且將自己想說的話如實表達出來了。

第 **4** 章

其他型態的句子

在第4章中，會學到一些無法用目前所學的英文句型表達的説法，例如「（主詞）被～」、「讓我知道～」以及「有～」等句型。只要稍微改變已經學會的基本英文句型，表達的內容就會更加豐富喔。

祈使句

英文基本上是由「主詞＋動詞」所構成的，但祈使句通常會省略主詞，並且以動詞的原形為開頭。另外，也可以在句子裡加上 don't 表示「不要～」，加上 please 表示「請～」，以及加上 let's 表示「一起～吧」。

祈使句

表達命令的祈使句非常簡單。只要將主詞的「你」省略，整個句子以原形動詞為開頭就好了。至於命令口氣的強弱通常會隨說法以及狀況而改變。雖說是「祈使句」，但是像「嘿，你看那幅畫！」之類的情況也包括在內。

be動詞的祈使句

例 Be careful.　　　　小心。　　 be動詞的原形是 be。

一般動詞的祈使句

例 Look at the picture.　你看那幅畫。

例 Hurry up!　　　　快一點！

否定的祈使句

在造否定的祈使句時，只要在句子開頭加上 don't 就可以了。

be動詞的祈使句

例 Don't be shy.　　別害羞。

一般動詞的祈使句

例 Don't touch it.　不要碰。

有禮貌的祈使句

只要在祈使句裡加上 please，整句話的語氣會變得更有禮貌。但這畢竟是祈使句，若要提出要求，用 "Could you ～?" 或 "Would you ～?" 可以給對方更有禮貌的印象。中文也是一樣，「可以麻煩你～」這個說法比「請～」更有禮貌，不是嗎？

有禮貌的祈使句

例 Please have a seat.　請坐。

有禮貌的否定祈使句

例 Please don't worry.　請不要擔心。

勸誘的祈使句

只要加上 let's 就會變成勸誘的說法，也就是「一起～吧」。

例 Let's have lunch.　一起吃午飯吧。

汪汪筆記 具有命令意思的助動詞

讓我們再複習一下，只要用 have to、should、must，就可以將命令或者是相當於命令的語氣傳遞給對方了（見第124頁）。

朗讀練習

依照下列順序練習，慢慢用英文來理解英文吧。〔❶不看英文句子，只聽語音檔➡❷邊看英文句，邊聽語音檔➡❸不看英文句子，聽到什麼唸什麼➡❹邊看英文句子，邊將聽到的內容唸出來〕。

①

Take it easy.
放輕鬆。

②

Be quiet.
安靜。

③

Don't be afraid.
不要怕。

④

Don't do that.
別那樣做。
🐾 do that：那樣做

> 💡 do 不僅可以用於否定或疑問，還經常當作擁有「做～」這個意思的動詞來使用。
> do yoga：做瑜伽　　　　　　do the dishes：洗碗盤
> do the laundry：洗衣服　　　do this work：做這項工作

⑤

Let's move on to the next topic.
讓我們進入下一個話題。　🐾 move on to ○○：往○○前進

換句話說 ↻

試著將 must（見第111頁）的「朗讀練習」及「換句話說」這兩個部分的例句改成祈使句吧。

(回答範例)

➡ You must not run in the room.　你不該在房間裡跑。
➡ Don't run in the room.　不要在房間裡跑。

被動語態的肯定句

只要使用「be動詞＋動詞的過去分詞」這個句型，就可以用來表達「會被～」或「已經被～」這兩個意思了。我們在第99頁學到了將過去分詞當作形容詞的方法，本節將再複習一次過去分詞的應用。

主詞＋be動詞＋動詞的過去分詞＋時間

將動詞改成be動詞＋動詞的過去分詞，就能表達「會被～」或「已經被～」的意思。

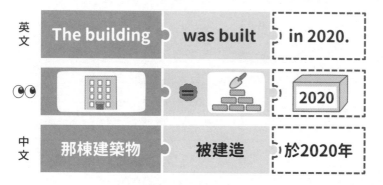

| 英文 | The building | was built | in 2020. |
| 中文 | 那棟建築物 | 被建造 | 於2020年 |

汪！重點來了　什麼時候要用被動語態？

當不知道行為者是誰，或者是不需要特地說出行為者時，被動語態就可以派上用場了。

例 English is spoken in many countries.
　　很多國家都說英文。（沒有必要說出是誰在說英文）
　　The window was broken yesterday.
　　窗戶昨天破了。（不知道是誰打破的。不指出是誰打破的。）

想要改變立場的時候也可以用被動語態。下方是有關他的例句，所以主詞是他。

例 針對 "What happened to him?（他發生了什麼事？）" 這個問題，答案可以是：
　　He was bitten by a dog.　他被狗咬了。

被動語態的注意事項

❶ 被動語態是以原句的受詞為主詞，因此沒有受詞的不及物動詞不會有被動語態。
❷ 但是不及物動詞的形式如果是「不及物動詞＋介系詞」的話，那就能寫成被動語態。
例 He was laughed at by his friend.　他被他的朋友嘲笑。
❸ 除了「by（被～）」，有些動詞可以搭配適合被動語態的介系詞。

例 be surprised at　　對～感到驚訝　　be made of/from　　用～製作的
　　be satisfied with　對～感到滿意　　be known to　　　對～來說有名
　　be interested in　　對～有興趣　　be known as　　　以～而聞名

be made of和be made from的差別

例 "This table is made of wood.（這張桌子是用木頭做的。）"　一看就知道材質的東西
　　"Wine is made from grapes.（葡萄酒是用葡萄釀製的。）"　無法從外觀辨識原料

朗讀練習

依照下列順序練習,慢慢用英文來理解英文吧。〔❶不看英文句子,只聽語音檔➡❷邊看英文句,邊聽語音檔➡❸不看英文句子,聽到什麼唸什麼➡❹邊看英文句子,邊將聽到的內容唸出來〕。

①
The project was completed.
那個計畫已經完成了。
🐾 complete 動 完成～

其他型態的句子

②
English is spoken in many countries.
很多國家都說英文。

③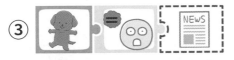
I was surprised at the news.
這個消息讓我很驚訝。

④
I'm interested in Japanese culture.
我對日本文化很有興趣。

⑤

138 people were infected with COVID-19 in Tokyo yesterday.
東京昨天有138人感染新冠肺炎。

🐾 be infected with：被感染到～

😊 這裡提的是感染者的人數,所以主詞是感染人數。

換句話說 ♻

在下列英文句子的空格中填入自己的情況來練習吧。

I was surprised at ⌐ ⌐.
我很訝異 ⌐ ⌐。

😊 填入讓自己感到驚訝的事吧。

I'm interested in ⌐ ⌐.
我對 ⌐ ⌐ 有興趣。

😊 填入自己有興趣的事吧。

被動語態的否定句、疑問句

被動語態的否定句和疑問句與使用be動詞的否定句（第30頁）及疑問句（第32頁）一樣，只要在be動詞後面加上not就是否定句，將be動詞移到句首就能寫成疑問句。

● 否定句

主詞＋be動詞＋not＋過去分詞＋場所

將not放在be動詞後面就是否定句。

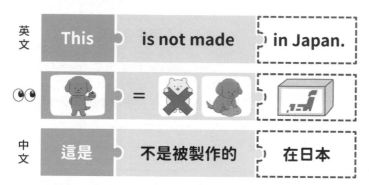

| 英文 | This | is not made | in Japan. |
| 中文 | 這是 | 不是被製作的 | 在日本 |

> 😊 is not和我們之前學到的be動詞句一樣，可以縮寫成isn't。

● 疑問句

be動詞＋主詞＋過去分詞＋受詞＋？

只要將be動詞移到主詞前面，就能造出被動語態的疑問句。

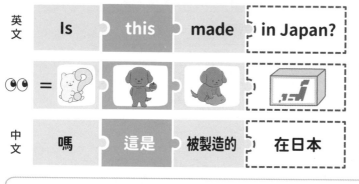

| 英文 | Is | this | made | in Japan? |
| 中文 | 嗎 | 這是 | 被製造的 | 在日本 |

> 😊 回答方式有 "Yes＋主詞＋be動詞."／"No＋主詞＋be動詞＋not（或be動詞＋not的縮寫形式)."。

這次我們的回答是 "Yes.it is. (對，沒錯。)"／"No, it isn't. (不，不是。)"。

依照下列順序練習，慢慢用英文來理解英文吧。〔❶不看英文句子，只聽語音檔➡❷邊看英文句，邊聽語音檔➡❸不看英文句子，聽到什麼唸什麼➡❹邊看英文句子，邊將聽到的內容唸出來〕。

①  Is English spoken in your country?
你的國家說英文嗎？

其他型態的句子

②  I'm not surprised.
我不感到驚訝。

③  It isn't updated.
還沒有更新。

④  Are you interested in fashion?
你對流行時尚感興趣嗎？

⑤ 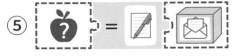 What is written in the letter?
信上寫了什麼？

⑥

You are not allowed to run in the room.
你不可以在房間裡奔跑。 🐾 not allowed to：不被允許～

將最後的空格替換成自己的情況，試著開口說英文吧。

 You are not allowed to ⌐ ⌐ .
你不可以 ⌐ ⌐ 。

😊 試著練習說出「不可以做的事」吧

 Are you interested in ⌐ ⌐ ?
你對 ⌐ ⌐ 有興趣嗎？

😊 試著練習詢問親朋好友「你對○○有興趣嗎？」

被動語態的其他形式

除了到目前為止介紹的句型，被動語態還有好幾種形式。像是不使用 be 動詞的被動語態，以及尚未說明的「助動詞＋被動語態」，這些句型都會在這節解說。

助動詞＋被動語態

助動詞＋被動語態也和之前介紹的被動語態一樣，在不需要傳達行為者的時候可以派上用場。但因為句中有助動詞，因此 be 動詞要用原形（be），這點要稍微留意。

- **否定句：主詞＋助動詞＋ not ＋ be 動詞＋過去分詞**

  例　It can't be helped.　我無能為力。（避免＋不能→無能為力）

  😊 這裡的 help 也有「避免」的意思。

- **肯定句：主詞＋助動詞＋ be 動詞＋過去分詞＋時間的要素**

  例　The update will be reflected on April 1st.　更新的內容將於 4 月 1 日反映出來。
  🐾 reflect 動 反映～

- **帶有疑問詞的疑問句：疑問詞＋助動詞＋主詞＋ be 動詞＋過去分詞**

  例　When will it be shipped?　什麼時候出貨？
  🐾 ship 他 運送～

使用 get 的被動語態

使用 be 動詞的被動語態表示「狀態」，而使用 get 的被動語態則是表示從「沒有→有」的狀態變化。這個句型經常出現，大家不妨背下來。

例　get fired　被解僱　　　　get promoted　升職
　　get injured　受傷　　　　get stolen　　被偷

😊 在不完全不及物動詞（見第 44 頁）的單字範例中提到，get 如果與形容詞連接的話，意思就是「成為～」。進行式的用法也經常出現，大家不妨一起記下來。

🐶 汪！重點來了　表示狀態的 be 動詞和 get 的差別

❸ be 動詞
❶ getting
❷ get

❶狀態
I'm married.　我已婚。

❷成為該狀態
I got married.　我結婚了。

❸越來越接近該狀態
I'm getting married next month.
　我下個月要結婚（使用現在進行式表示的未來請見第 53 頁）。

be used to

我們在第122頁學到了表示過去習慣、狀態的 "used to"。

緊接在 "used to" 後面的是動詞，不過 "be used to" 的後面卻是要接名詞或動名詞（見第192頁），而且這個時候意思會變成「我習慣（某物）／做（某事）」。

"be used to" 如果也搭配我們在左頁學到的 get 和 getting 一起使用的話，就能夠用來表達出語氣稍有不同的句子了。

I am getting used to hot weather.
我開始習慣了炎熱的天氣。

I got used to hot weather.
我已經習慣了炎熱的天氣。

I am used to hot weather.
我習慣炎熱的天氣。

其他型態的句子

朗讀練習

依照下列順序練習，慢慢用英文來理解英文吧。〔❶不看英文句子，只聽語音檔➡❷邊看英文句，邊聽語音檔➡❸不看英文句子，聽到什麼唸什麼➡❹邊看英文句子，邊將聽到的內容唸出來〕。

①

He got fired.
他被解僱了。

②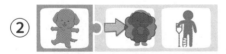

I got injured.
我受傷了。

③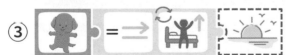

I'm used to getting up early.
我習慣早起。

換句話說 ↻

在下列英文句子的空格中填入單字，試著表達「習慣○○」吧。

I'm used to ___（名詞）／ ___ ing（動詞ing）.
我習慣了 ___（名詞）／ ___（行為）。

145

現在完成式（表示結束）的肯定句

光是聽到現在完成式能表示結束、經驗與持續就一個頭兩個大，但是在整理的過程，卻能看出了一個共同用法。接下來就讓我們看看要怎麼利用這個句型吧。首先是表示結束的現在完成式。

主詞＋have＋just＋過去分詞＋受詞

只要將動詞改爲have＋過去分詞，就可以用來表示結束。

英文	I	have just finished	my homework.
👀			
中文	我	剛好寫完	我的作業

> 💬 現在完成式在表示結束時可以搭配just（剛好）或already（已經）等副詞，位置在have和過去分詞之間。另外，"I have"可以縮寫成I've。
> 不過意指「擁有～」的have不可以用縮寫形式喔。

 汪！重點來了 什麼是現在完成式？

 過去

大家如果記得have＋過去分詞意指「過去擁有的」，那麼那就能理解現在完成式是一個「將過去與現在串連在一起」的句型。
過去式通常只用來陳述過去的事情，但是當使用現在完成式時，就代表這件事影響到了現在。
以"I lost my wallet.（我搞丟了錢包。）"這句話為例，我們無法得知錢包現在是否找到了；但如果是"I have lost my wallet.（我搞丟了錢包。）"，那就代表錢包到現在還沒有找到。

所以這兩個句型的差異在於語氣。過去式「與現在無關」，但是現在完成式則是將「過去和現在串連起來」。
所以現在完成式不能使用像yesterday等表示過去時間的單字。

現在　過去

> 💬 如果主詞是第三人稱單數，那就要用has而不是have。

> 例 He has just finished his homework.　他剛寫完功課。
> ※"He has"可以像He's那樣採用縮寫形式，只是"He is"和"He has"的縮寫形式都是He's，在這種情況之下就要靠前後文來判斷是被動語態還是現在完成式了。

朗讀練習

依照下列順序練習，慢慢用英文來理解英文吧。〔❶不看英文句子，只聽語音檔➡❷邊看英文句，邊聽語音檔➡❸不看英文句子，聽到什麼唸什麼➡❹邊看英文句子，邊將聽到的內容唸出來〕。

①

I've just arrived at the airport.
我剛到機場。

🐾 arrive at ～：到達～

😊 在文法上 just 相當適合用在完成式中，但是像"I just arrived."這句非完成式的句子，在口語中也經常使用 just。因此只要記住這兩句話的意思一樣就沒有問題了。

②

I've already done it.
我已經做了。

😊 done：do 的過去分詞

③

I've run out of luck.
我的運氣用完了。

🐾 run out of：用完了

④

I've finished reading the book.
我看完書了。　🐾 finish～ing：完成～

⑤

I've lost my cell phone.
我的手機不見了。

換句話說 ↻

在下列英文句子的空格中填入單字，試著描述自己的情況吧。

I have finished ▢ (名詞) ／ ▢ ing (動詞ing).
我做完了 ▢ （名詞）／ ▢ （行為）。

😊 想想「已經做完的事」，並練習換句話說吧。
將 just 或 already 放在 have 和 finished 之間也可以。

I have lost ▢ .
我把 ▢ 弄丟了。

😊 假設自己「弄丟某個東西」來練習換句話說吧。

147

現在完成式（表示結束）的否定句、疑問句

用來表示結束的現在完成式若要構成否定句和疑問句，只要將not放在have後面就是否定句，將have移到句首就能造出疑問句。

● **否定句** 將not放在have＋過去分詞之間來表達否定。

> **主詞＋have＋not＋過去分詞＋受詞＋yet**

英文	I	have not finished	my homework	yet.
中文	我	還沒做完	我的作業	尚未

💬 還沒完成的時候通常會在句尾加上yet（尚未）。不過yet只能用於否定句和疑問句，不能出現在肯定句中。在疑問句中的意思是「已經」。此外，"have not"可以縮寫成haven't。

● **疑問句** 只要將have移到主詞前面，就能造出現在完成式的疑問句了。

> **Have＋主詞＋過去分詞＋受詞＋yet＋?**

英文	Have	you	finished	your homework	yet?
中文	（擁有過去）	你	完成了	你的作業	已經

💬 回答的形式為 "Yes＋主詞＋have" ╱ "No＋主詞＋haven't" 或 "No, not yet."

例 Have you finished your homework yet?　Yes, I have./No, I haven't.
是的，寫好了。／不，還沒寫完。※ 如果主詞是第三人稱單數，那就要用has而不是have。

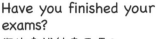

朗讀練習

依照下列順序練習，慢慢用英文來理解英文吧。〔❶不看英文句子，只聽語音檔➡❷邊看英文句，邊聽語音檔➡❸不看英文句子，聽到什麼唸什麼➡❹邊看英文句子，邊將聽到的內容唸出來〕。

①

Have you finished your exams?
你的考試結束了嗎？

②

Have you done it yet?　你已經做了嗎？

③

I haven't had dinner yet.　我還沒吃晚飯。

④

I haven't decided yet.
我還沒決定。

⑤

I haven't finished cleaning my room yet.
我還沒打掃房間。

換句話說

在下列英文句子的空格中填入單字，試著描述自己的情況吧。

I haven't finished ☐ yet.
我還沒 ☐ 完。

😊 想想「還沒做完的事」，並練習換句話說吧。

Have you finished ☐（名詞）/ ☐ing（動詞ing）yet?
你已經完成 ☐ 了嗎？

😊 假設自己要「詢問對方做好了沒」來練習換句話說吧。

現在完成式（表示經驗）的肯定句

意指「擁有過去」的現在完成式也能用來陳述「曾經做過～」。從「去了（過去式）」及「曾經去過（現在完成式）」這兩個句子，可以看出過去完成式與過去式的語氣稍有不同。

主詞＋have＋過去分詞＋介系詞＋名詞＋before

只要將動詞改為have＋過去分詞，就可以用來表示經驗。

英文	I	have been	to Tokyo	before.
👀				
中文	我	曾經去過	東京	以前

> 😊 現在完成式在表示經驗的時候，句尾通常會加上once（一次）等表示次數或是before（之前）等單字。
> 😊 "have been to" 是「曾經去過」的一個慣用表現。

汪！重點來了　適合搭配現在完成式表現經驗的單字

除了例句中的before，下列表示次數的單字也經常與表示經驗的現在完成式一起使用。

once	一次
twice	兩次
three times	三次
four times	四次
five times	五次
⋮	⋮
many times	很多次

> 😊 只要記住一次、兩次是once、twice，之後的次數都是用 "○○ times" 來表達就可以了。

汪汪筆記✐

就算告訴大家「現在完成式有三種使用方法」，但坦白說還是沒有什麼概念吧……。其實這個句型的基本用法就如同一開始所說的，只要從「擁有過去」這個意思來聯想，就能根據前後文來判斷其所要表達的是「經驗」、「結束」還是「持續」了。

朗讀練習

依照下列順序練習，慢慢用英文來理解英文吧。〔❶不看英文句子，只聽語音檔➡❷邊看英文句，邊聽語音檔➡❸不看英文句子，聽到什麼唸什麼➡❹邊看英文句子，邊將聽到的內容唸出來〕。

①

I've seen the movie once. 那部電影我看過一次。

②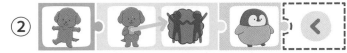

I've met him before. 我曾經見過他。

③

I've read the book before. 我以前看過這本書。

④

I've heard this song many times. 這首歌我聽過很多次了。

⑤

I've been to Australia.
我去過澳洲。

其他型態的句子

換句話說 ↻

在下列英文句子的空格中填入單字，試著描述自己的情況吧。

I have been to ⬚(名詞) ⬚ (次數)。
我去過 ⬚ （名詞） ⬚ （次數） 。

☺ 在「曾經去過○○（地方）××次」這個句型中，試著用次數超過兩次的單字來換句話說吧。可以參考左頁表現次數實用的單字。

例 I have been to Okinawa three times. 我去過沖繩三次。
　　I have been to Tokyo Tower twice. 　我去過東京鐵塔兩次。

現在完成式（表示經驗）的否定句、疑問句

用來表示經驗的現在完成式，只要將 never 放在 have 之後就是否定句，將 have 移到句首就能造出疑問句。另外，為了與現在完成式的其他用法區分開來，通常會在疑問句中添加 ever。

● **否定句** 將 never 放在 have＋過去分詞之間來表達否定。

主詞＋have＋never＋過去分詞＋介系詞＋名詞

| 英文 | I | have never been | to Tokyo. |
| 中文 | 我 | 從來沒有去過 | 東京 |

現在完成式表示經驗的否定句只要用 never 代替 not，就可以用來表達「從來沒有～」。

● **疑問句** 只要將 have 移到主詞前面，就能造出現在完成式的疑問句。

Have＋主詞＋ever＋過去分詞＋介系詞＋名詞＋？

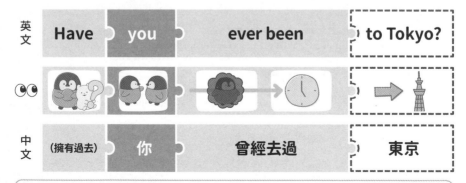

| 英文 | Have | you | ever been | to Tokyo? |
| 中文 | （擁有過去） | 你 | 曾經去過 | 東京 |

ever 通常都會有好幾個意思，這裡只使用「到目前為止」的意思。因此可以用 "Have you ever（過去分詞）……?" 的句型來寫詢問經驗（到目前為止有沒有做過～）的疑問句。另外我們也可以使用加上 before 的句型來表達經驗，例如 "Have you been to Tokyo before?"。

朗讀練習

依照下列順序練習，慢慢用英文來理解英文吧。〔❶不看英文句子，只聽語音檔➡❷邊看英文句，邊聽語音檔➡❸不看英文句子，聽到什麼唸什麼➡❹邊看英文句子，邊將聽到的內容唸出來〕。

①

Have you ever been to Japan?　你去過日本嗎？

②

Have you ever met him?　你以前見過他嗎？

③

Have you ever tried Japanese food?
你吃過日本料理嗎？　　try 動（嘗試）吃吃看／喝喝看

④

I've never seen a whale.
我從未見過鯨魚。

⑤

I've never been to Australia in my life.
我這輩子從未去過澳洲。

其他型態的句子

換句話說

在下列英文句子的空格中填入單字，試著描述自己的情況吧。

I have never been to ⌞ ⌝.　我沒有去過⌞ ⌝。

😊 將句子改寫成「從未去過○○」吧。

Have you ever tried ☐?　你吃過 ☐ 嗎？

😊 假設對方剛來此地，試著詢問他「你吃過～嗎」。

153

現在完成式（表示持續）的肯定句

意指「擁有過去」的現在完成式也能用來陳述「（到目前為止）一直～」的持續狀態。所以只要使用現在完成式，就可以陳述「一直住在這裡」等的持續狀態了。

主詞＋have＋過去分詞＋副詞＋期間

只要將狀態動詞改爲have＋過去分詞，就可以用來表示狀態的持續。

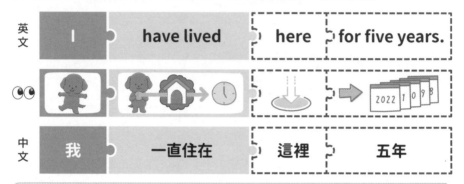

| 英文 | I | have lived | here | for five years. |
| 中文 | 我 | 一直住在 | 這裡 | 五年 |

現在完成式要表示持續通常會與for（～期間）和since（自從～）等表達期間的要素一起使用。

汪汪筆記 表達期間的for和since

記住 for 和 since 是用來表示持續就很好應用。for表示期間，since表示起點。

for an hour	一個小時	since yesterday	從昨天開始
for a week	一個星期	since last month	自上個月開始
for a month	一個月	since last year	從去年開始
for three days	三天	since 2000	自2000年以來
for a few days	幾天（a few＝少許）	since I was a student	從還是學生時開始
for a long time	很久	since之後也可以接句子。	

汪！重點來了 表示持續的現在完成式與現在完成進形式

之所以會使用現在完成式來表達「一直～」這個持續狀態，是因為句中有like、want、know等表示狀態持續的單字。另一方面，表達動作持續原則上要用現在完成進行式（見第158頁）。但如果想表達某個動作長期持續，這個時候也可以用現在完成式，例如用study或work表示「我已經學習／工作了五年」。

例 I've studied English for five years.
我學英文已經五年了。

現在完成式的動作會一直持續到現在，所以聽者通常可以透過上下文來理解狀況，若是無法判斷，有時可能會反問：「那現在呢？」

依照下列順序練習,慢慢用英文來理解英文吧。〔❶不看英文句子,只聽語音檔➡❷邊看英文句,邊聽語音檔➡❸不看英文句子,聽到什麼唸什麼➡❹邊看英文句子,邊將聽到的內容唸出來〕。

☺ 現在完成式若有 always,意思是「(從以前就)一直~」。

①

I've always wanted to go to Kyoto. 我從以前就一直想去京都。

②

I've known him since he was a student.
我從他唸書的時候就認識他了。

③

I've liked this song since I was a child. 我從小就喜歡這首歌。

④

I've been busy for a few days. 我這幾天一直都很忙。

⑤

He has been sick for three days. 他已經生病三天了。

在下列英文句子的空格中填入表示時間的單字,試著描述自己的情況吧。

☺ 試著練習替換居住的期間吧。先分別用 for/since 來造句。可能的話,since 之後用完整的句子來表達。

I have lived here for / since ┌──┐(期間).
我已經在此住了┌──┐。/我從┌──┐開始就住在這裡。

例 I have lived here for three years.　　我在這裡住了三年。
I have lived here since I was a student.　我從學生時代就住在這裡。

其他型態的句子

155

現在完成式（表示持續）的否定句、疑問句

用來表示持續的現在完成式，只要將 not 放在 have 後面就是否定句，將 have 移到句首就能造出疑問句。另外，加上 How long 的話，就能造出詢問持續多久的句子了。

● **否定句** 將not放在have＋過去分詞之間來表達否定。

主詞＋have＋not＋過去分詞＋副詞＋介系詞＋名詞＋期間

💬 在表示持續的現在完成式否定句中，因為狀態是「從來、一直沒有～」，所以就算是動作動詞，也可用於現在完成式的否定句中。

● **疑問句** 只要在疑問句中加上how long，就能造出詢問持續多久的句子。

How long have＋主詞＋過去分詞＋副詞＋?

💬 表示持續的現在完成式大多用來詢問對方持續的期間，而不是問 Yes／No。因此記住 "How long have you＋過去分詞～?" 的句型會更好應用。

朗讀練習

依照下列順序練習，慢慢用英文來理解英文吧。〔❶不看英文句子，只聽語音檔➡❷邊看英文句，邊聽語音檔➡❸不看英文句子，聽到什麼唸什麼➡❹邊看英文句子，邊將聽到的內容唸出來〕

①

How long have you known each other?
你們認識多久了？ 😺 each other：彼此

②

How long have you lived in Tokyo? 你在東京住多久了？

③

How long have you been sick? 你從什麼時候開始生病的（生病多久了）？

④

I haven't eaten a pizza for months. 我已經好幾個月沒吃披薩了。

⑤

I haven't seen him for a long time. 我已經很久沒看到他了。

換句話說 ♻

在下列英文句子的空格中填入期間要素吧。

I haven't ⬚ （不及物動詞／及物動詞+受詞）for ／ since ⬚ .
我這 ⬚ 以來／自從 ⬚ 就一直沒有 ⬚ 。

例 I haven't gone anywhere for a year.
我這一年以來沒有去任何地方。
😺 anywhere 圖 任何地方

💡 參考之前的例句，完成陳述某件事沒有持續很久的句子吧。

現在完成進行式

想要表達「一直在～」，也就是動作的持續時要用現在完成進行式，而不是現在完成式。這個句型很容易與表示持續的現在完成式混淆，所以先好好整理再牢記在心。

主詞＋have＋been＋動詞ing＋受詞＋期間

只要將動詞改成have＋been＋動詞ing，就能用來表達動作的持續。

> 現在完成進行式是一種結合了完成式和進行式的句型。
> 由"have＋been＋動詞ing"所構成。

汪！重點來了 現在完成進行式的概念

現在完成進行式是利用動作動詞來表達持續，也就是「一直都在～」。要表達長期持續某個動作雖然可以用現在完成式，但是現在完成進行式才能表現出「現在也在進行當中」的「動作」。另外，現在完成進行式基本上不會出現狀態動詞。

例 我從他還是學生時就認識他了。

○ I have known him since he was a student.

✕ I have been knowing him since he was a student.

汪！重點來了 現在完成進行式的否定句、疑問句

如果動作沒有持續進行的狀態，也就是「一直都沒有～」，就可以如下例使用現在完成式的否定句。

例 I haven't studied English for three hours. 我這三個小時都沒有讀英文。

上述例句如果寫成現在完成進行式的否定句，也就是"I haven't been studying English for three hours."，那麼說話的語氣就會變成否定動作的連續性，也就是「我這三個小時並沒有一直都在讀英文」。

如果是疑問句的話，語序和"have＋主詞＋been＋動詞ing"句型一樣，例如 "Have you been waiting long?（你等很久了嗎？）"。回答方式和現在完成式一樣，也就是"Yes＋主詞＋have."／"No＋主詞＋haven't."。

朗讀練習

依照下列順序練習，慢慢用英文來理解英文吧。〔❶不看英文句子，只聽語音檔➡❷邊看英文句，邊聽語音檔➡❸不看英文句子，聽到什麼唸什麼➡❹邊看英文句子，邊將聽到的內容唸出來〕。

①

I've been waiting for three hours.　　我已經等三個小時了。

②

I've been studying Chinese since last year.
我從去年開始學中文。

😊 這個句子如果用現在完成式，就代表「現在可能已經沒學了」，
　　如果是用現在完成進行式，就會讓人感覺到現在也還在學的「動作」。

③

They have been talking for three hours.
他們已經聊三個小時了。

④

Have you been waiting long?
你等很久了嗎？

⑤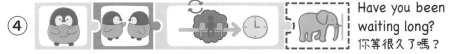

How long have you been studying English?
你學英文多久了？

換句話說 ↻

將最後的空格替換成自己的情況，試著開口說英文吧。

😊 試著分別用 for／since在空格裡填上學英文的期間吧。

I've been studying English for ／ since 　　(期間).
我已經學了　　的英文。／我從　　開始就一直在學英文。

例 I've been studying English for three years.
我學英文已經三年了。

授與動詞（把B物給A）

除了之前所學的不及物動詞（變成SV的動詞）、不及物動詞（變成SVC的動詞）和及物動詞（變成SVO的動詞），還有授與動詞（變成SVOO的動詞）。

主詞＋授與動詞＋受詞A＋受詞B
(受格)

只要用授與動詞，就能表達「把B物給A」的意思。

英文	I	gave	him	some advice.
中文	我	給	他	一些建議

汪！重點來了　授與動詞所使用的單字

授與動詞大致可以分為2種類型。

1 把B給A

send　把B給A　　　　show　把B給A看
offer　向A提出B　　　teach　教A學習B
tell　將B告訴A

例 He teaches me Chinese.
　　他教我中文。

2 讓A做B

cook　讓A煮B　　make　讓A做B
buy　讓A買B

例 He cooked me dinner.
　　他為我煮晚餐。
　　He made me a cup of coffee.
　　他幫我泡了杯咖啡。

雖然teach採用SVO的形式就可以，例如"He teaches English.（他教英文。）"，但這並不代表一個動詞只能用於某一種句型，這點要留意。

汪汪筆記　想要強調受詞A的替換說法

其實授與動詞的替換句型並不常出現，只有在想要強調受詞A的時候才會派上用場。「給予」這個動作因為需要抵達點，所以會用to；但如果是「做～動作」的話因為不需要抵達點，所以用for。

例 I'll give it to you.　　　　我會給你這個。

例 I bought the present for her.　我買了一個禮物給她。

依照下列順序練習，慢慢用英文來理解英文吧。〔❶不看英文句子，只聽語音檔➡❷邊看英文句，邊聽語音檔➡❸不看英文句子，聽到什麼唸什麼➡❹邊看英文句子，邊將聽到的內容唸出來〕。

①

I'll send you some pictures. 我會寄幾張照片給你。

②

She bought me a present. 她買了禮物給我。

③

He sometimes offers me chocolates.
他有時會給我巧克力。

④

Could you give me an example? 你能舉個例子嗎？

⑤

Could you tell me the reason? 你能告訴我原因嗎？

將最後的空格替換成自己的情況，試著開口說英文吧。

I give her ☐ (受詞B).
我給她 ☐。

😊 如果還有餘裕學得更多，可以試著將句子改寫成未來式或過去式，或者是加上昨天或明天等時間要素來換句話說吧。

例 I'll give her a bouquet of flowers tomorrow.
我明天要給她一束花。 🐾 bouquet of flowers：花束

其他型態的句子

不完全及物動詞❶ 使役動詞＋α

只要使用使役動詞，就能夠造出有「讓○○做～」意思的SVOC句子。典型的使役動詞有3個。

主詞＋使役動詞＋受詞＋補語
（受格）（原形不定詞）

使役動詞的意思是「使O變成C」。

英文	Please	let	me	know.
中文	請	讓	我	知道

😊 嚴格來說，原形不定詞的用法要與原形動詞區分開來，但在背的時候，其實只要記住「原形不定詞（原形動詞）要放在補語的位置」就可以了。至於不定詞會在介紹to不定詞（見第186頁）補充說明。

汪！重點來了　使役動詞

典型的使役動詞有make、have和let。雖然意思都是「使O（受詞）變成C（補語）」，但是語氣各有不同。

基本上來講，語序應該是「使役動詞＋受詞＋補語（原形不定詞）」，但也有「使役動詞＋受詞＋補語（過去分詞）」的句型。

第1章曾經說過，補語基本上包括名詞、代名詞和形容詞（見第15頁）。接下來學習其他類型的表現方法吧。

make（出力製作）

例　He made me stop drinking.　他阻止我喝酒。
　　🐾 stop ～ing：停止做～
　　She made me happy.　她讓我開心。
　　😊 只要將表示狀態的形容詞放在補語這個位置，就會變成「O＝C」句型。
　　　　像上述例句的O和C就是「me＝happy（我＝快樂）」。

have（擁有這樣的狀況）

例　My boss had me do this work.
　　我的主管要我做這份工作。
　　I had my hair cut.
　　我（讓人幫我）剪了頭髮

make

have

let

　　😊 第二個例句的補語型態是過去分詞。過去分詞的用法有「讓（請）～做（受詞）」的意思，而have也常用這種句型。
　　😊 如果是 "I cut my hair." 的話，意思會是「我自己剪了頭髮」，要注意。

let（讓～自由～）

例　Let me think.　讓我想想。

依照下列順序練習，慢慢用英文來理解英文吧。〔❶不看英文句子，只聽語音檔➡❷邊看英文句，邊聽語音檔➡❸不看英文句子，聽到什麼唸什麼➡❹邊看英文句子，邊將聽到的內容唸出來〕。

其他型態的句子

①

You make me feel secure.　你讓我覺得安心。

②

What made you decide to learn English?
你為什麼決定學英文？
（是什麼原因讓你決定學英文的？）

> 😊 study：讀書
> learn：學習、學會

🐾 decide to ～：決定～

③

Don't let me down.　不要讓我失望。

④

Let me ask you a question.　讓我問你一個問題。　🐾 ask A B：向A詢問B

⑤

I'll have her call you.　我會讓她打電話給你的。

試著用原形不定詞或表示狀態的形容詞來練習「讓我～」、「使我～」的句型吧。

He made me ⬜ (原形不定詞／狀態).　他讓我 ⬜ 。

😊 替換的原形不定詞如果是及物動詞的話要記得補上受詞喔。

例 He made me smile.　他讓我笑了出來。

163

不完全及物動詞❷ 感官動詞＋α

只要使用感官動詞，就能夠造出「看到／聽到 O 做 C」，也就是可以說明與知覺有關的 SVOC 句子了。另外，"call O C"（稱 O 為 C）等句子也是採用 SVOC 的句型，因此會一併介紹。

主詞＋感官動詞＋受詞＋補語（原形不定詞＋cross的受詞）

只要使用感官動詞的see，就能夠表達出「看到O做C」的意思。

英文	I	saw	him	cross the street.
中文	我	看到	他	穿過馬路

汪！重點來了 感官動詞

感官動詞指的是與「看」、「聽」、「察覺」等知覺有關的動詞。
具代表性的有下列動詞。

see（看到）　　　　　watch（看到）　　　　　hear（聽到）
smell（聞到）　　　　notice（注意到）

這些感官動詞和使役動詞一樣，可以運用在不同句型中。
以感官動詞的 see 為例。
第1句型（SV）：I see. 我明白了。　第3句型（SVO）：I saw him. 我看到他了。
第5句型（SVOC）：I saw him cross the street. 我看到他過馬路。

另外，只要將 C 的部分從原形不定詞改成現在分詞（見第 99 頁），就能用來表達「正在～」這個意思了。

例 I saw him crossing the street. 我看到他在過馬路。

😊 "I saw him cross the street."意指「看見這一連串的所有動作（一直到過完馬路為止）」，而 "I saw him crossing the street." 的語氣稍有不同，意指「只看到（正在過馬路的）其中一段動作」。

汪汪筆記 其他使用SVOC句型的動詞

除了使役動詞和感官動詞，採用 SVOC 句型的典型動詞還有 call 和 name。大家不妨一起背下來吧。

例 He calls me Wanwan. 他叫我汪汪。
　　He named me Wanwan. 他幫我取了一個名字叫汪汪。

朗讀練習

依照下列順序練習，慢慢用英文來理解英文吧。〔❶不看英文句子，只聽語音檔➡❷邊看英文句，邊聽語音檔➡❸不看英文句子，聽到什麼唸什麼➡❹邊看英文句子，邊將聽到的內容唸出來〕。

①  I heard him singing.
我聽到他在唱歌。

②  I saw him running.
我看到他在跑步。

③
I noticed him looking at me.
我發現他在看我。

④
I can smell something burning.
我聞到一股燒焦的味道。

> 💭 只要加上can，語氣就會變成聞到一股淡淡的味道。

⑤ I watched a bird flying.
我看見一隻鳥在飛。

換句話說 ↻

在下列英文句子的空格中填入單字，試著描述自己的情況吧。

I saw him ☐（原形不定詞）。 我看到他 ☐ 。

I saw him ☐ing（現在分詞）。 我看到他正在 ☐ 。

有～

只要使用 There is / are，就可以用來表達「有～」。若在句中添加場所要素，就能夠說出「在○○有～」。另外，這個句型的疑問句「有～嗎？」在英文會話中也非常實用。

There is＋冠詞＋物／人＋場所

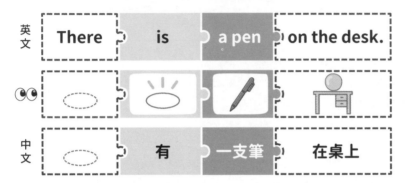

英文	There	is	a pen	on the desk.
中文		有	一支筆	在桌上

汪！重點來了　There is / are 的否定句和疑問句

這個句型的否定句和疑問句與 be 動詞句一樣，只要將 not 放在 be 動詞後面就是否定句，將 be 動詞移到句首就是疑問句。

否定句的例子　例 There are not any cats in the park.　這座公園一隻貓也沒有。

　any：（否定句）一個～也沒有

　也可以寫成 "There are no cats in the park."。
　一般認為只會有一個的情況時，名詞要使用單數，例如 "There is no bed in my room.（我的房間裡沒有床）"。

疑問句的例子　例 Is there a bus stop around here?　這附近有公車站嗎？

　"How many" 可以用來詢問數量。
　How many dogs are there in your room?　你的房間裡有幾隻狗？

汪！重點來了　There is / are 的過去和未來

只要將 be 動詞改成過去式的 was / were，或者是補上 will，就可以把句子改成過去式或未來式。

例 There was a dog in my room.　　　　　　　　我的房間裡曾經有一隻狗。

例 There will be demand for travel after the pandemic.　疫情全球大流行過後旅遊需求應該會增加。

　demand for：對～有需求　　pandemic 名 全球大流行

朗讀練習

依照下列順序練習，慢慢用英文來理解英文吧。〔❶不看英文句子，只聽語音檔➡❷邊看英文句，邊聽語音檔➡❸不看英文句子，聽到什麼唸什麼➡❹邊看英文句子，邊將聽到的內容唸出來〕。

①  There's not enough space on the disk.
這片光碟的空間不夠。

②  There's no difference.
沒有差別。

③  There's a library near my house.
我家附近有間圖書館。

💬 There's = There is 的縮寫

④
There are many shops around the station.
這個車站附近有很多商店。

⑤
Is there a post office around here?
這附近有郵局嗎？

換句話說 ℭ

在下列英文句子的空格中填入單字，試著描述自己的情況吧。

There is ☐（物／人）〔 〕（介系詞＋場所）.
在〔 〕有〔 〕。

Is there ☐ around here? 這附近有☐嗎？

其他型態的句子

167

否定疑問句、附加問句

「不是要～嗎？」、「～，不是嗎？」當在要求確認或同意時，有時會使用否定疑問句或附加問句。

● 否定疑問句　　否定縮寫形式＋主詞＋補語＋？

「～不是嗎？」的句型在確認、徵求同意或表示驚訝時是相當實用的表達方式。
只要在疑問句裡加上not，再改成縮寫形式就可以了。

英文：Aren't you sleepy?

中文：不會嗎 你 很睏

> 寫否定疑問句時通常會將don't、doesn't、aren't、isn't等否定的縮寫形式放在句首。至於要用are、is和do中的哪一個，就和一般的英文句子寫法一樣，隨主詞的動詞改變即可。

● 附加問句　　主詞＋及物動詞＋受詞，＋否定的縮寫形式＋主詞＋？

「～，不是嗎？」句型可以用來確認、徵求同意或提醒。
至於否定的縮寫形式＋主詞則是要移到句尾。

英文：You like coffee, don't you?

中文：你 喜歡 咖啡 不是嗎

> 句尾的語調會根據是在強調疑問還是提醒而有所改變。
>
> 「不是嗎？」：想要確認的時候
>
> 「是吧！」：提醒或已經知道答案的時候

朗讀練習

依照下列順序練習，慢慢用英文來理解英文吧。〔❶不看英文句子，只聽語音檔➡❷邊看英文句，邊聽語音檔➡❸不看英文句子，聽到什麼唸什麼➡❹邊看英文句子，邊將聽到的內容唸出來〕。

①

Don't you think so?
你不這麼認為嗎？
🐾 so：這麼

②

Don't you like coffee?
你不喜歡咖啡嗎？

③

Don't you know the rule?　你不知道規則嗎？

④

You don't speak Chinese, do you?
你不會說中文，對吧？

⑤

He is busy, isn't he?　他很忙，對吧？

換句話說 ♻

在下列英文句子的空格中填入單字，試著描述自己的情況吧。

Don't you like ☐ ?　你不喜歡 ☐ 嗎？

You like ☐ , don't you?　你喜歡 ☐ ，是吧？

169

感嘆句

想要強調感情的時候，會使用感嘆句的句型。例如在看風景時若是覺得「風景怎麼會這麼美⋯⋯！」、「真的是美好的一天！」就會使用感嘆句。

● 使用What的感嘆句

What＋冠詞＋形容詞＋名詞（＋主詞＋動詞）＋！

- What a nice view (it is)! 多麼美的景色呀！
- What a nice day! 多麼棒的一天啊！
- What a surprise! 太令人驚訝了！
- What nice people they are! 他們人真好！

> 主詞若是複數就不加冠詞。

諸如此類的句子經常出現在日常對話之中，所以一定要學會如何用感嘆句來表達心情喔。

● 使用How的感嘆句

How＋形容詞/副詞＋主詞＋動詞＋！

- How nice you are! 你人真好！
- How beautiful it is! 太美了！
- How fast he runs! 他跑得真快！
- How difficult this book is! 這本書太難了吧！

> how可以用來強調形容詞和副詞，像是「多麼親切呀」、「多麼美呀」、「真快」、「怎麼那麼難」。

> **汪汪筆記** **若理解無礙，不妨也試著應用what或how**
> 受到篇幅限制，有些頁面沒有「朗讀練習」及「換句話說」，但我們還是可以將看到的例句唸出來或自己練習替換例句。
> 到這裡如果還能跟得上，不妨試著用what或how來寫寫看感嘆句吧。

it 的用法

it 的用法相當多樣，或許會因此有「什麼時候要用 it」的疑問。因此這一頁就來認識 it 的基本用法。

it 的用法相當多樣，以下 4 種是最常見的典型用法。

❶ 用來指稱出現過一次的字詞

例　How was your day?　　　今天如何？

　　It was good.　　　　　　還不錯。

❷ 用來指稱天氣或亮度

例　It's cloudy today.　　　　今天是陰天。

　　It's humid today.　　　　今天很潮濕。

　　It's getting dark.　　　　天快黑了。

❸ 用來指稱時間、日期、星期和季節

例　It's already eight thirty.　　已經 8 點半了。

　　It's about time to go home.　該回家了。

　　It's Friday today.　　　　今天是星期五。

　　It's April 1st.　　　　　　今天是 4 月 1 日。

　　It's already summer.　　　已經是夏天了。

❹ 用來表示距離

例　It takes 3 hours by car.　　搭車要 3 個小時。

　　It's far from here.　　　　離這裡很遠。

> 其實「朗讀練習」已經出現過使用 it 的例句了。只要英文學到某個程度，善加整理，就會更容易記住句型。不妨再確認一次這裡彙整的句型吧。

mini column　文法基礎都打好了！

　　如果學到這裡，就代表大家對簡單的英文句型已經有了基本的知識，同時也掌握了添加資訊的方法。

　　我們到目前為止學到的文法基礎，只要再加上一些應用句型，使用英文表達的時候內容就會更加豐富喔。已經學過的句型若是有不清楚的地方，那就再複習一次吧。文法基礎沒有打好就繼續往前進的話，是會越學越混亂的喔（我與英文苦戰時期就是這種情況）。

構成英文的「語序」和「要素」

⬇

按照時態學習簡單的英文表達

⬇

添加要素豐富表達內容

⬇

瞭解其他型態的句子

　　接下來，讓我們用之前的應用句型，來學習寫出更複雜句子的方法。
　　例如「比～還要……」、「為了～」等，也就是在學過的英文句子裡再加上一些應用句型。只要能夠掌握這一點，就能夠根據情況表達句意更加複雜的英文了。

　　光靠到目前為止學到的句型，只能表達出像下列傳遞單一訊息的句子。

He is tall.　　　他很高。
I'm here.　　　我在這裡。

　　但是如果能夠再加上「比～還要……」、「為了～」之類的內容，就能夠表達和下列一樣複雜的英文句子喔。

He is taller than me.　　　　　他比我高。
I'm here to see my friend.　　　我來這裡是為了見我的朋友。

第 5 章

學會寫出複雜的句子

接下來就讓我們再加把勁，多學一些像是「比～」、「為了～」等複雜的句型吧。只要過了這一關，就能提升表達能力，學會用英文表達出更加豐富的內容。

比較句型❶和〜一樣

想要說「就和〜一樣○○」的時候,可以用 "as○○as 〜" 的句型。這裡利用圖解的方式來幫助大家記住句型,會比死背來得還要好記。

主詞+be動詞+as+形容詞+as+代名詞

用 "as ○○ as〜" 句型來表達「就和〜一樣○○」。

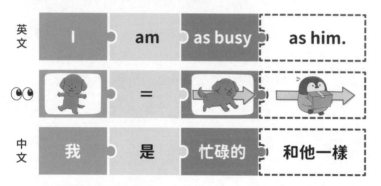

😊 否定的話意思會變成「不像〜那樣○○」,另外 "as ○○ as" 的第一個as有時會改成so。在這種情況下的so意指「那麼,那樣地」。

例 It is not so easy as you think. 這並不像你想的那麼容易。

 汪!重點來了 **表示同時性的as**

as有很多種意思。比較意義之外的as會在第220頁加以彙整。這裡要理解as的最佳概念就是「同時性」。

例 I'm as busy as him.
我和他一樣忙。
很多參考書提到as的概念是「=」,其實「同時性」更加符合這個字的意思。

"as ○○ as" 的○○這個位置可以放❶形容詞、❷副詞、❸形容詞+名詞。
❶ I'm as busy as him. 我和他一樣忙。
❷ I run as fast as him. 我跑得和他一樣快。
❸ I have as many books as him. 我的書和他一樣多。
"as him" 的部分也可以用下列句子的方式來表達:
例 I am as busy as he is.
I am as busy as he (is).
可能會有人說:「可是我以前唸書的時候像 "as him" 那樣把as後面的詞改成受格,結果被老師打 ╳ 了」。但是在口語中通常會用受格。

依照下列順序練習，慢慢用英文來理解英文吧。〔❶不看英文句子，只聽語音檔➡️❷邊看英文句，邊聽語音檔➡️❸不看英文句子，聽到什麼唸什麼➡️❹邊看英文句子，邊將聽到的內容唸出來〕。

學會寫出複雜的句子

①

I don't speak English as fluently as him.
我的英文沒有他流利。

②

🐾 as ～ as S can：
盡可能～

I will try as much as I can.　我會盡力而為的。

③

I am as smart as him.
我和他一樣聰明。

④

😃 有時在電子郵件中會用縮寫
"ASAP"。

I will reply as soon as possible.
我會盡快回覆的。　🐾 as soon as possible：盡快

⑤

His salary is twice as much as mine.
他的薪水是我的兩倍。

😃 3倍以後只要加上times，就能用來表示
「～倍」。　例 three times　三倍

參考上述例句，試著練習「和他差不多○○」這個句型吧。

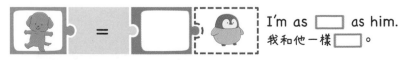

I'm as ☐ as him.
我和他一樣 ☐ 。

😃 如果還有餘力，試著練習看看"I'm not as ○○ as him.（我沒有他那樣○○。）"這個句型吧。

175

比較句型❷比～

想要表達「比～還要○○」時，可以使用"形容詞／副詞的比較級 than ～"來表達。句型非常簡單，只要改變形容詞／副詞的形態就可以了。

主詞＋be動詞＋形容詞比較級＋than＋代名詞

用"形容詞／副詞的比較級"來表示「比～還要○○」。

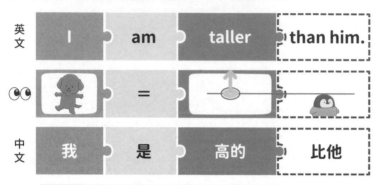

| 英文 | I | am | taller | than him. |

| 中文 | 我 | 是 | 高的 | 比他 |

> 形容詞／副詞的比較級後面如果是接名詞，那麼句子就會變成：
> **例** I have a younger brother.　我有一個弟弟。
> 哥哥是 "an older brother"或"an elder brother"。
> 只要加入not將其改成否定句，意思就會變成「沒有～那麼○○」。
> **例** I'm not taller than him.　我沒有他那麼高。

 **汪！重點來了** 意思與 from 類似的 than

than的概念相當接近 from。例如，"different from（不同於～）"也可以說"different than"。不過than是用來暗示比較，因此許多人認為"different than"這個用法是不對的，其實在現實生活當中確實會這麼用。若將這兩個字當作概念相近的單字來使用，並將句子理解成「than的概念與from相近＋暗示比較」，應該會比較容易記住。

○ ⟶ □　　different from
different than

　　taller than him

汪汪筆記 形容詞比較級的例外情況

大多數的形容詞只要加上er就會變成比較級，但是有幾個例外（見第180頁）。另外，較長的形容詞形態不會改變，但會和下例單字一樣，在前面加上more。

例 Time is important.　　　　　　　時間很重要。
Time is more important than money.　時間比金錢更重要。

朗讀練習

依照下列順序練習，慢慢用英文來理解英文吧。〔❶不看英文句子，只聽語音檔➡❷邊看英文句，邊聽語音檔➡❸不看英文句子，聽到什麼唸什麼➡❹邊看英文句子，邊將聽到的內容唸出來要。

①

I'm busier than usual.
我現在比平常還要忙。

②

I have a better idea.
我有個更好的主意。

😃 good 的比較級是 better。

③

😃 than 的後面可以加句子。

It was better than I expected. 這比我預想的還要好。

④

I like summer better than winter. 我喜歡夏天勝於冬天。

⑤

Could you speak more slowly, please?
可以請你說慢一點嗎？

換句話說 ↻

在下列英文句子的空格中填上單字，試著描述自己的情況吧。

I'm ☐ than him.
我比他還要 ☐。

😃 將句子改寫成「我比他○○」吧。

I'm not ☐ than him.
我沒有他那麼 ☐。

😃 將句子改寫成「我沒有他那麼○○」吧。

學會寫出複雜的句子

比較句型❸最～

想要表達「最～」的時候，可以使用「the＋形容詞／副詞的最高級（＋～之中）」來表達，句型非常簡單，只要改變形容詞／副詞的形態就可以了。

主詞＋be動詞＋the＋形容詞最高級＋（～之中）

用"the＋形容詞／副詞的最高級"來表示「在這之中最～」。

英文	He	is	the tallest	in his class.
中文	他	是	最高的	在他們班上

形容詞／副詞的最高級後面如果是接名詞，那麼整個句子就會變成：
例 The Hayabusa is the fastest train in Japan.
「隼號」是日本最快的電車。
改成否定的話，意思就會變成「最不○○」
例 I'm not the tallest in this class. 我不是這個班上最高的。

汪！重點來了 **適合搭配最高級的介系詞**

in和of經常用來表現「在～之中」。

例 He is the tallest in his class. 他在他的班上是最高的。
若要表示在某個團體或範圍之內要用 in，例如"in his family"、"in his company"或"in Tokyo"。

例 He is the tallest of the three. 他是他們三個之中最高的。
of用於整體的一部分。

汪汪筆記 **形容詞最高級的例外情況**

大多數的形容詞只要加上est就會變成最高級，但是和比較級一樣有幾個例外（見第180頁）。另外，較長的形容詞形態不會改變，但會在前面加上most。

例 Time is important. 時間很重要。
Time is the most important. 時間是最重要的。

朗讀練習

依照下列順序練習，慢慢用英文來理解英文吧。〔❶不看英文句子，只聽語音檔➡❷邊看英文句，邊聽語音檔➡❸不看英文句子，聽到什麼唸什麼➡❹邊看英文句子，邊將聽到的內容唸出來〕。

①

Health is the most important thing of all.
健康最重要。

②

Mount Fuji is the highest mountain in Japan.
富士山是日本最高峰。

③

You are the best.
你是最棒的。

☺ good 的最高級是 best。

④

He is the most trusted man.
他是最可靠的男人。

⑤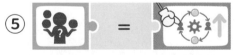

Which is the most appropriate method?
哪種方法最合適？　　🐾 appropriate 形 合適的

換句話說 ↻

在下列英文句子的空格中填上入單字，試著寫出「他在～之中是最○○的」。

He is the 　　 in 　　.
他在　　之中是最　　的。

學會寫出複雜的句子

形容詞／副詞的比較級、最高級變化

比較級和最高級的麻煩之處，就是有些詞只要單純在字尾加上er / est就好，有些詞要加上more / most，有些詞則是不規則變化。

● 完全不規則變化的形容詞比較級、最高級

不規則變化的形容詞比較級、最高級不多，這點與動詞的過去式和過去分詞形式不同，所以先記住下列幾個具代表性的形容詞不規則變化的比較級和最高級吧。

意思	原級	比較級	最高級
好的	good	better	best
出色地	well	better	best
壞的	bad	worse	worst
（數量）多的	many	more	most
（分量）多的	much	more	most
少的	little	less	least

● 有2種變化的形容詞比較級、最高級

有的形容詞和下列一樣，意思不同，變化也會不一樣。

old

意思	原級	比較級	最高級
舊的	old	older	oldest
年長的		elder	eldest

elder 幾乎只放在兄弟姊妹等名詞前，例如 "an elder brother（哥哥）"。另一方面，older 也可以表達 "an older brother（哥哥）"。至於要用哪一個，會依國家及地區的習慣或偏好，因此會建議兩種都記下來。就個人而言，"an older brother" 這個說法比較普遍。

late

意思	原級	比較級	最高級
（時間）晚的	late	later	latest
（順序）慢的		latter	last

這個字的意思有兩個，例如 "the latest news（最新消息）"、"the latter（後者）"。

far

意思	原級	比較級	最高級
距離遠的	far	farther	farthest
程度大的		further	furthest

例 The school is farther away from here.
那所學校離這裡更遠。

例 I need further information about the product.
我想瞭解有關該產品的更多資訊。

● 會如同動詞的過去式、進行式變化的形容詞比較級和最高級

形容詞的比較級和最高級還有其他變化，而且和動詞的過去式及進行式一樣有規則。

---

❶ 以 e 結尾的形容詞直接加 r / st

large （大的） ➡ larger ➡ largest
wide （寬的） ➡ wider ➡ widest

---

❷ 以子音＋y 結尾的形容詞將 y 改成 i 之後再加上 er / est

happy （快樂的） ➡ happier ➡ happiest
early （早的） ➡ earlier ➡ earliest

---

❸「短母音（要唸短一點的母音）＋子音結尾」
同時「重音在短母音」時，字尾的最後一個字母要重複

big （大的） ➡ bigger ➡ biggest
hot （熱的） ➡ hotter ➡ hottest
😊 sweet [swit] 的 i 是長母音，所以 sweeter 的 t 不重複。

汪汪筆記 ✏ 添加 more / most 的形容詞／副詞

雖然也有像 unhappiest （最不開心）這種例外的字，但基本上 3 個音節的形容詞或副詞只要加 more / most 就可以了，例如有 3 個音節的 important （im・por・tant）。其實只要查字典（或網路辭典），上面就會寫著音節要斷在哪裡。如果是單音節的形容詞或副詞，基本上不會加 more / most（但是像 right 或 wrong 這些字例外，就算是單音節也會加上 more / most）。

2 個音節的形容詞或副詞比較麻煩，因為有的會加，有的不加。在熟悉規則之前，只要記住長一點的詞要加上 more / most 就好。與其苦惱「例外的有〜」或「這種情況要〜」，不如在學到新的比較級及最高級時再稍加整理，牢記在心就可以了。

有／沒有加 the 的情況

在某些情況下最高級句子不需要加 the。本節彙整了這些例外情況，大家只要稍微確認甚至跳過也沒關係，看到沒有加 the 的最高級時只要想起這一頁的內容就好。

● 要加 the 的情況

首先，當最高級的形容詞後面有接名詞，或者這個名詞的意思被隱藏起來時，基本上就要加 the。

the tallest

He is the tallest (penguin) in his class.
He is the tallest penguin in his class.

● 不加 the 的情況

只要理解上述指稱某個名詞是「最～」時要用 the 這個概念，應該就能明白加 the 的理由了。不過下列情況時不需要加 the。

1　沒有特別與某個事物比較時

例 It is best to exercise in the morning.
最好是在早上運動。　　👥 it is best to ～.：最好是～。

例 I'm happiest when I am with you.
和你在一起才是最幸福的。

😊 "when..." 的用法見第 218 頁。

2　副詞的最高級

例 I got up earliest in my family.
家人之中最早起床的人是我。

有時會因為說話者不同而加上 the。

例 I got up the earliest in my family.

😊 遇到這種例外情況時盡量避免死記硬背，要養成查明為何會有這種例外情況發生的習慣，這樣遇到相同情況時就能舉一反三應用了。

3　有所有格的時候

例 This is my biggest challenge.
這是我最大的挑戰。

4　用來強調的 most 之前

例 It is most important.
這是最重要的。　　😊 這種情況下的 most 大多數只是強調。

汪汪筆記 有沒有加 the 有時意思會不一樣

例 The river is the widest in Japan. 這是日本最寬廣的一條河。

例 The river is widest here. 　　　　這裡的河道最寬廣。

比較級的應用

比較級有很多應用句型，接下來介紹一定要會的實用句型。不過有些內容已經跳脫國中英文程度了，要是覺得太難，可以先跳過也無妨。

● 原級

as well（同樣地）

例 He can speak Chinese as well.
他還會說中文。

as well as（還有〜）

例 He can speak English as well as Chinese.
他會說英文還有中文。

另外也可以像下列例句一般用在一般的比較表現，也就是「和〜一樣〜」。

例 I can speak English as well as him.
我和他一樣會講英文。

as long as（只要〜）

as long as 雖然有「長度和〜相同」或「在〜期間」的意思，但也可以用來表示「條件」，例如「只要〜」或「如果〜」。

例 I want to play games as long as time allows.
要是有時間，我想玩遊戲。

例 You can go out as long as you finish your homework.
只要寫完功課你就可以出門。

as far as（據〜所知）

as far as 的意思是「與〜相同的距離」，但也可以用來表達「範圍」，也就是「據〜所知」。

例 As far as I know, he is reliable.
據我所知，他是可以信任的。

也可以表示「到〜為止」。

例 I walked as far as the station.
我走到車站。（＝I walked to the station.）

● 比較級

使用比較級的數字表現

"more than （多於～）"／"less than （少於～）" 這兩個句型有沒有加no，整個句子的意思會完全不同。

I have more than 100 dollars.
我有100多元。

more than

less than

I have less than 100 dollars.
我的錢不到100元。

mo more than=only

I have no more than 100 dollars.
我只有100元。

I have no less than 100 dollars. 我有100元。

no less than =as many/ much as

I have not less than 100 dollars.
我至少有100元。

not less than =at least

not more than =at most

I have not more than 100 dollars.
我頂多只有100元。

其他常用句型

· **Which do you like better, A or B?（你喜歡A還是B？）**

例 Which do you like better, summer or winter?　你喜歡夏天還是冬天？

· **The 比較級 SV... , the 比較級 SV... .（越是……，就會越……。）**

例 The harder you work, the more you earn.
你越是努力，賺得就越多。

適合搭配than的程度要素

· **much （很多）**

例 It's much easier than you think.　這比你想像的要容易得多。

· **a little （一些）**

例 It's a little lower.　這有一點低。

· **even （甚至）**

例 This year is even worse than last year.　今年甚至比去年還要糟糕。

用具體數字表示差異的句型

例 I am 5 years older than him.　我比他大5歲。

例 Your salary is two times higher than mine.
你的薪水是我的兩倍多。

😊 注意這裡的兩倍不是 twice。

184

than以外的比較句型

除了 than，有時也可以和下例一樣用to來表達比較句型。

例 This computer is superior to mine.
這台電腦比我的好。
🐾 be superior to ～：比～優秀、上等

例 This product is inferior to others.
這項產品比其他的差。
🐾 be inferior to ～：不如～，較差的

> 😊 有時用 than，有時又要用 to 可能會讓大家搞不清楚，不過能用 to 的單字其實非常有限。
> 特別是以下這幾個單字是最典型的，大家一定要牢記喔。
> 🐾 be junior to ～：年紀比～小
> 🐾 be senior to ～：年紀比～大
> 🐾 prior to ～：在～之前

● 最高級

most

· most （大多數的）

例 Most birds can fly.　　　　　大多數的鳥都會飛。

例 Most smartphones have a camera.　大多數的智慧型手機都有相機。

· most of the （大部分的～）

例 Most of my friends like music.　　我大多數的朋友都喜歡音樂。

例 Most of the flowers in the garden are red.　這個院子裡的花大多是紅色的。

> 😊 of表示從屬關係（見第94頁）。上述例句具體指出某一叢花，而且其中大部分是紅色的。

almost

· almost all （幾乎所有的～）

表示的比例比 most 高。

例 Almost all college students have a computer.
幾乎所有的大學生都有電腦。

· almost all (of) the　（幾乎所有的～）

與 "most of the" 一樣，只要加上 of，意思就會變成「在～當中，幾乎所有東西都～」。

例 Almost all of the students passed the exam.
幾乎所有學生都通過了考試。

to 不定詞的副詞用法

在英文中，一個句子原則上只會有一個動詞。但是使用不定詞的話，就可以用兩個動詞來造句了。以 "I'm here." 這個簡單的句子為例，只要利用不定詞就能為句子加上理由，也就是 "I'm here to see my friend. （我來這裡是為了見朋友）"。

主詞＋be動詞＋場所＋to不定詞＋受詞

用to不定詞加上「為了～」的意思。

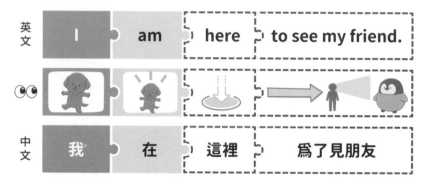

| 英文 | I | am | here | to see my friend. |
| 中文 | 我 | 在 | 這裡 | 為了見朋友 |

汪汪筆記 什麼是to不定詞？

應該會有人問：「明明He / She 後面的動詞要在字尾加s，過去式要加ed，為什麼不定詞就可以維持原形？」這是因為不定詞並不需要遵守因為主詞或時態而產生的動詞變化規則。因為這個理由，出現在第162頁的句型才會稱為原形「不定詞」。to的概念是一個「抵達點」。只要瞭解這個概念，應該就會明白意指「為了～」這個to不定詞的副詞用法，是由「受到指示的抵達點」的概念而來。

 汪！重點來了 一定要知道！ to 不定詞的副詞用法

副詞用法是指「比照副詞來使用」的意思。可以當作副詞來使用的to不定詞有很多種意思，而下列這3種是最具代表性的，請務必記下來。

❶ **表示目的「為了～」**
　I'm here to see my friend.　我來這裡是為了見我的朋友。

❷ **表示擁有如此心情的原因「因為～」**
　I'm happy to see you.　見到你很開心。

❸ **表示結果「（○○之後）成為～」**
　He grew up to be a lawyer.　他長大後成為一名律師。

要是按照意思去記可能會混亂，但基本上只要將to不定詞與「抵達點」這個概念連結，應該就會比較容易理解。

依照下列順序練習，慢慢用英文來理解英文吧。〔❶不看英文句子，只聽語音檔➡❷邊看英文句，邊聽語音檔➡❸不看英文句子，聽到什麼唸什麼➡❹邊看英文句子，邊將聽到的內容唸出來〕。

① I study hard to be a teacher. 我為了成為教師而努力用功。

② He went to Australia to study English.
他為了學英文而前往澳洲。

③ I'm happy to hear that.
很高興聽到這件事。

④ I'm sorry to hear that. 很遺憾聽到這個消息。

sorry除了道歉，還能表達「遺憾」的意思。

⑤ I went to the park to play tennis.
我去公園打網球。

在下列英文句子的空格中填入單字，試著描述自己的情況吧。

I'm here to ____.
我來這裡是為了 ____ 的。

試著換句換說「我是來這裡做○○的」。

I'm happy to ____.
我很高興能 ____。

試著換句換說「我很高興能○○」。

學會寫出複雜的句子

to 不定詞的形容詞用法

to不定詞也可以當作形容詞來使用。舉例來說，「起床的時間到了」或是「我想來點喝的東西」就是用動詞來說明名詞的用法。

主詞＋及物動詞＋受詞＋to不定詞＋受詞

用to不定詞加上「為了～」。

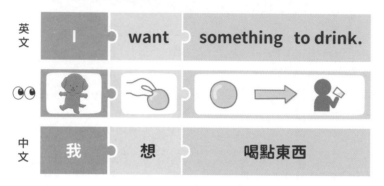

| 英文 | I | want | something to drink. |
| 中文 | 我 | 想 | 喝點東西 |

汪！重點來了 一定要知道！ to 不定詞的形容詞用法

to 不定詞也可以當作形容詞來使用。最常見的形容詞用法有下列2種：

❶ 「為了～」
I want something to drink.　我想喝點東西。

❷ 「應該要～」
I have a lot of work to do.　我有很多工作要做。

這裡的句型意思也有點複雜，大家不妨試著回想to的概念。

汪汪筆記 形容詞用法適合搭配的單字

若要利用動詞補充說明的話，屬於形容詞用法的 "something to （為了做某件事的東西）" 和 "time to （為了做某件事的時間）" 之類的句型相當實用。

例 I want something cold to drink.　我想喝點冷飲。

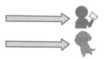 將to不定詞當作形容詞來用的時候要注意位置。另外也可以和例句中的cold一樣，將形容詞放在名詞後面（見第202頁）。

something、anything和nothing非常適合與to不定詞的形容詞用法一起搭配。

例 I have nothing to do.　　　　　我沒有事可做。

例 Do you have anything to declare?　你有需要申報的東西嗎？

declare 動 申報　這個單字有點難，但是出國時在機場經常被問，建議大家背下來。

朗讀練習

依照下列順序練習，慢慢用英文來理解英文吧。〔❶不看英文句子，只聽語音檔➡❷邊看英文句，邊聽語音檔➡❸不看英文句子，聽到什麼唸什麼➡❹邊看英文句子，邊將聽到的內容唸出來〕。

① It's time to get up.　該起床了。

② I have something to tell you.　我有事要告訴你。

③ I don't have time to eat breakfast.　我沒有時間吃早餐。

④ I have an idea to solve the problem.　我有個主意可以解決問題。

⑤ There are many places to see in Tokyo.
東京有很多值得一看的景點。

換句話說 ↻

在下列英文句子的空格中填入單字，試著描述自己的情況吧。

It's time to ☐.
是該☐的時候了

😊 假設一個日常場景，試著表達「是該○○的時候了」。

I don't have time to ☐.
我沒有時間☐。

😊 假設一個日常場景，試著表達「我沒有時間○○」。

學會寫出複雜的句子

189

to 不定詞的名詞用法

to 不定詞也可以當作名詞使用。只要放在主詞、受詞和補語等名詞的位置，就能用來代替名詞，是將動詞當作名詞來使用的句型。

主詞＋及物動詞＋to不定詞＋受詞

用to不定詞，動詞就會具有名詞的功能。

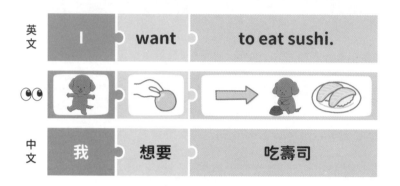

| 英文 | I | want | to eat sushi. |
| 中文 | 我 | 想要 | 吃壽司 |

汪！重點來了 to 不定詞變成「主詞」、「受詞」、「補語」的名詞用法

除了受詞，to 不定詞還可以當作主詞及補語來使用。但要注意的是，to 不定詞不能當作介系詞的受詞。

例 ✕ I'm good at to play baseball.
　　➡介系詞的受詞要用名詞或下一頁介紹的動名詞。

汪汪筆記 當作名詞來使用的to不定詞可以用it來替換

to 不定詞也可以用來表達形式主詞的內容。英文不太喜歡主詞太長，所以有時會用 it 來當作形式上的主詞。在下列例句中，放在主詞這個位置的 it 只是形式，本身沒有任何意思，"to understand each other" 才是原本的主詞。

例 It is difficult to understand each other. 互相理解並不容易。
若是如同下列例句加上 for （人）的話，就能添加「對～來說」這個意思了。
例 It is difficult for us to understand each other. 對我們來說，互相理解不容易。
如果要在帶有形式主詞的句子中添加「對誰而言」、「某人～」等資訊的話，就要和 "for us" 一樣將 for ～放 to 不定詞前面，就會是具有實質意義的主詞。

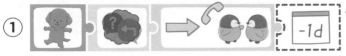

依照下列順序練習，慢慢用英文來理解英文吧。〔❶不看英文句子，只聽語音檔➡❷邊看英文句，邊聽語音檔➡❸不看英文句子，聽到什麼唸什麼➡❹邊看英文句子，邊將聽到的內容唸出來〕。

①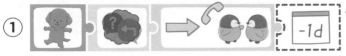

✿try to：嘗試（帶有沒有達到結果的語氣）

I tried to call you yesterday. 我昨天試著打電話給你。

②

✿forget to～：忘記～

I forgot to tell you. 我忘記告訴你了。

③

✿decide to～：決定～

I've decided to lose weight. 我決定減肥。

④

😊在告知負面事物之前經常使用的說法。

We need to talk. 我們需要談談。

⑤ =

It is easy for me to answer this question.
對我來說，回答這個問題很容易。

在下列英文句子的空格中填上單字，試著描述自己的情況吧。

I want to ☐.
我想要 ☐ 。

😊試著換句話說，練習「我想要○○」的句型吧。

I tried to ☐.
我曾試著 ☐ 。

😊試著換句話說，練習日常生活中「我已經試著○○了」的句型吧。

動名詞

除了to不定詞，也可以用「動名詞」的形態將動詞改成名詞。
或許有人會問，「動名詞是～ing嗎？那跟進行式還有現在分詞有什麼不同？」關於這點會在本節詳細說明。

主詞＋及物動詞＋動名詞＋受詞＋時間

只要使用動名詞，動詞就會具有名詞的功能。

英文	We	enjoyed	playing baseball	yesterday
				-1d
中文	我們	享受	打棒球	昨天

汪汪筆記 不要搞混「動名詞」、「進行式」、「現在分詞」了！

動名詞、現在進行式（第50頁）和現在分詞（第99頁）明明長得一樣，都是加了ing，但是有這麼多名稱真的會讓人搞不清楚。其實ing和to不定詞一樣，就只是把動詞當作名詞或形容詞來使用罷了。

ing的用法有下列3種，這裡我們要學的是①的用法。

①名詞用法➡動名詞
②形容詞用法（進行式亦屬此類）➡現在分詞
③副詞用法➡分詞構句（但是這類句子太過複雜，不適合初學者，因此本書不解說）

汪！重點來了 有「主詞」、「受詞」、「補語」、「介系詞受詞」功能的動名詞

動名詞與名詞一樣，可以當作❶主詞、❷受詞、❸補語、❹介系詞受詞來使用。

❶ **主詞** Playing baseball is fun. 　　　　　　打棒球很有趣。
❷ **受詞** We enjoyed playing baseball yesterday. 　我們昨天打棒球很開心。
❸ **補語** My hobby is taking pictures. 　　　　　我的興趣是拍照。
❹ **介系詞受詞** I'm good at speaking English. 　　　我擅長說英文。

有些動詞適合改成to不定詞，有些則是適合改成動名詞（見第194頁）。

依照下列順序練習，慢慢用英文來理解英文吧。〔❶不看英文句子，只聽語音檔➡❷邊看英文句，邊聽語音檔➡❸不看英文句子，聽到什麼唸什麼➡❹邊看英文句子，邊將聽到的內容唸出來〕。

①

I haven't finished cleaning my room yet.
我的房間還沒有打掃完。

②

I gave up smoking.
我戒菸了。
🐾 give up ～ing：放棄～
（上升到極限＝放棄）

③

I enjoyed having lunch with you.　很高興和你共進午餐。

④

I'm thinking of changing my job.　我正在考慮換工作。

⑤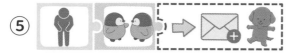

Thank you for inviting me.
謝謝你邀請我。🐾 Thank you for ○○ing.：謝謝你（做了）○○。

學會寫出複雜的句子

在下列英文句子的空格中填入單字，試著描述自己的情況吧。

I'm thinking of ☐☐ing.
我打算要☐☐。

😊 試著換句話說，練習表達想做的事吧。

Thank you for ☐☐ing.
謝謝你幫我☐☐。

😊 試著假設有人為我們做某件事來換句話說吧。

to 不定詞和動名詞

有些動詞會在受詞的位置放 to 不定詞，有些則是會放動名詞。另外，有的動詞雖然兩者都可以使用，但是 to 不定詞和動名詞的意思卻不同。讓我們來一探究竟吧。

● 後面要放 to 不定詞的動詞

下列動詞的後面要接 to 不定詞。除此之外還有其他動詞，
都是以「從現在開始要做的事情」為概念。

例	want to do	想做～
例	plan to do	計劃要～
例	promise to do	承諾要～
例	offer to do	提議做～
例	agree to do	同意做～
例	expect to do	期待做～

以「想要～」、「計劃～」為例，「～」的部分所指的就是「從現在開始」的事。to 的概念是「抵達點」，所以適合搭配以邁向終點為概念的動詞。但如果像 "plan on ○○ing" 這樣中間還夾著介系詞的話，介系詞的受詞就要用動名詞，而不是 to 不定詞。

● 後面要加動名詞的動詞

下列動詞的後面要接動名詞。除此之外還有其他動詞，
都是以「已經發生的事實」為概念。

例	finish doing	做完～
例	avoid doing	避免做～
例	postpone doing	延後做～
例	enjoy doing	樂於做～
例	consider doing	考慮做～
例	suggest doing	建議做～

然而這樣的概念並不是絕對的。例如意思和 offer 相似的 suggest 後面就要加動名詞。offer 要加不定詞，suggest 要加動名詞，光聽就讓人覺得很麻煩吧？與其死記動詞後面要加 to 不定詞還是動名詞，不如遇到再整理，「啊，原來這個後面要加動名詞呀」，就能順其自然地記起來。

● 後面 to 不定詞和動名詞都可以加的動詞

有些動詞和 begin、start、like 一樣，後面不管是 to 不定詞還是動名詞都可以接。這時候 to 不定詞和動名詞的意思有的差不多，有的卻完全不同。

然而就算意思都差不多，有些動詞卻和下面這個例子一樣，to 不定詞和動名詞有些微妙差異。

例 It began to rain.
　　下起雨來了。

例 It began raining.
　　下起雨來了（而且還在下）。

在說「因為下起了雨，所以我回家了」這句話的時候，"began to rain" 是開始下雨的點。另一方面，"began raining" 則是指下了一段時間的概念。但有些母語者會說「都一樣啊！」但有時兩者的意思會因為上下文而改變。

● to不定詞和動名詞意思不同的動詞

在此整理了幾個後面接 to 不定詞或動名詞時，意思會整個改變的典型動詞。

forget

不定詞 忘記要做某事
例 I forgot to buy milk.　我忘了買牛奶。

動名詞 忘記已經做了某事
例 I forgot buying milk.　我忘記我已經買牛奶了。

> 「忘了已經做了某事」比起"forget ～ing"，通常會使用that的句型例如"I forgot (that) I bought milk."。

remember

不定詞 有記得要做～
例 Remember to talk to him.　記得要跟他說。

動名詞 記得已經做過～
例 I remember talking to him.　我記得我已經跟他說過了。

try

不定詞 試圖做～
例 I tried to lift the box.　我試圖要抬起那個箱子。

動名詞 嘗試了某事
例 I tried eating natto.　我嘗試吃了納豆。

stop

不定詞 為了做～而停下來
例 I stopped to smoke.　我停下來抽菸。

動名詞 停止做～
例 I stopped smoking.　我戒菸了。

> to smoke不是受詞，而是表示「為了做～」的副詞用法。

mean

不定詞 故意～

例 I didn't mean to bother you.
我不是有意要打擾你。

動名詞 引起～、意指～

例 This will mean making difficult decisions.
這意味著要做困難的決定（＝這將會引起難以決定的狀況）。

例 Insomnia means having trouble sleeping at night.
失眠是指晚上難以入睡。

insomnia 名失眠　have trouble doing ～：做～有困難

regret

不定詞 很抱歉、遺憾地要做～

例 I regret to tell you the truth.
很抱歉，我不得不告訴你真相。

動名詞 後悔～

例 I regret telling a lie.
我後悔騙了你。

● to不定詞的應用句型

too～to～　因為太～而無法○○

例 This box is too heavy to lift.
這個箱子重到提不起來。

形容詞＋enough to～　足以～

例 This place is good enough to live in.
這個地方很適合居住。

這種句型是因為主詞（this place）與"live in"的in後面的受詞為同一個，所以才會省略受詞（但嚴格來講也不是省略，而是將in的受詞移到句首）。

enough當作形容詞使用的話要放在名詞前面，但是當作副詞時則要放在形容詞後面。

● 動名詞的應用句型

接下來要列出幾個具有代表性的動名詞應用句型。只要遇到這類句型，就做個筆記整理一下，好好背下來吧。

feel like doing　想要～

例 I feel like drinking coffee.
我想喝咖啡。

cannot help doing　忍不住想要～

例 I cannot help laughing.
我忍不住笑了。

go ○○ing　去～

例 I went shopping.
我去買東西。

> 有些參考書會解釋「go 是不及物動詞，所以～ing 是現在分詞」。但是這個句型原本是 "go on ○○ing"，夾在中間的 on 不知道從什麼時候開始不見了，結果就這樣成為固定句型。

SV＋that子句

如同 I think that it is important.（我認為這很重要。）這句話所示，想要用英文表達「我覺得～」或「我知道～」時，「that子句」就可以派上用場了。

主詞＋及物動詞＋that子句

that子句扮演著O的角色。

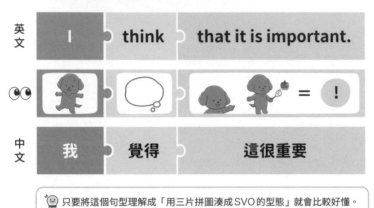

> 只要將這個句型理解成「用三片拼圖湊成SVO的型態」就會比較好懂。

● 帶有 SV＋that子句（O的功能）的動詞

在SV之後帶有that子句的動詞如下。

此外，that子句的that有時會被省略。

例 I know that he is kind.
我知道他人很好。

例 I agree that he's a good worker.
我同意他是一個勤奮的人。

例 He said that he was busy.
他說他很忙。

> 請注意，例句中that子句的動詞也要使用過去式。

汪！重點來了 **時態要統一**

如果主要子句（He said：主句）和從屬子句（that he was busy：主句的一部分）同時發生，當主要子句的動詞是過去式，那麼從屬子句的動詞也要跟著改成過去式。

因此，即使從屬子句使用動詞的過去式，在翻譯的時候並不會翻成過去式。這種情況稱為「時態一致」。

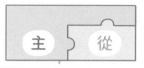

> 只要主要子句的時態改變，
> 從屬子句的時態就要跟著改變。

"He said that time is money.（他說時間就是金錢。）"或"He said that he plays tennis.（他說他打網球。）"等，凡是和諺語、不變的真理、歷史事實和持續到現在的習慣有時會當作例外，不受時態一致的規則影響。

那麼「他說他（那時候）很忙。」這句話的英文
要怎麼說呢？
在這種情況下，從屬子句要用過去完成式
（had＋過去分詞）這個句型。

比過去還要久的以前
(He had been busy.)

過去
(He said⋯)

例 He said that he had been busy.
他說他（那時候）很忙。

本書雖然沒有詳細解說使用頻率非常低的過去完成式，但是如果懂得使用過去完成式的話，就能以過去的某個時間點為基準，陳述在那之前發生的事情、經驗、完成、持續以及結果了。

● 帶有SVC＋that子句的動詞 省略 that

我相信你可以的。

只要想到「that之前其實有個介系詞」，也就是「SVC＋介系詞＋介系詞的受詞」，就可以把這個句型和SV＋that子句一樣當作拼圖來理解了（"I'm sure (of) that you can do it." / "I'm afraid (of) that I can't make it." / "I was surprised (at) that he was still waiting."）。

雖然有例外，但是介系詞後面通常不會直接加that子句，這代表介系詞已經被省略了。

例 I'm afraid I can't make it.
對不起，我沒辦法去。 ● make it：調整，即時做某事

例 I was surprised that he was still waiting.
我很驚訝他還在等。

● 帶有SVO＋that子句的動詞（O的功能）

He	told	me	that he was busy.

他跟我說他很忙。

這是 that 子句變為O，造出第4句型的情況（見第14頁）。

例 **The airline informed me** that the flight was overbooked.
航空公司通知我班機的機位超賣。

此外，從屬子句如果有助動詞，那麼助動詞要改成過去式，好讓時態一致。

例 **He showed me** that he could do it well.
他向我表示他可以做得很好。

● 帶有SV＋that子句（C的功能）的動詞

The truth	is	that he is not reliable.

坦白說，他根本就不值得相信。

🐾the truth is：其實
🐾reliable 形 值得信賴

這是 that 子句變為C，造出第2句型的情況（見第14頁）。

例 **The problem is** that we don't have enough data.
問題是我們沒有足夠的數據。

例 **The good news is** that I passed the exam.
好消息就是我通過考試了。　🐾pass the exam：通過考試

● 其他常用的that子句

1 形式主詞的that子句

that 子句當作主詞移到句首時會太過龐大，所以有時會用 it 來當作形式上的主詞。

例 **It's obvious** that he doesn't care about it.
他顯然對此並不在乎。　🐾obvious 形 明顯的

例 **It is true** that time is money.
時間就是金錢，這是事實。

2 so形容詞that子句

so 形容詞 that 子句，可以表達「如此～，以致於……」的意思。

例 **This book is so interesting** that I read it many times.
這本書太有趣了，我因此讀了好幾次。

例 **This box is so heavy** that I can't lift it.
這個箱子重到我抬不起來。

😊 可以和第196頁的 too～
to 句型比較。

疑問詞＋to 不定詞和間接問句

若是將「疑問詞＋to不定詞」及「間接疑問句（疑問詞＋句子）」當作主詞使用，就能夠用來表達更加複雜的內容了，例如「我不知道他在哪裡」。

● 疑問詞＋to不定詞

主詞＋don't＋及物動詞＋疑問詞＋to不定詞＋受詞

將疑問詞＋to不定詞當作名詞使用。

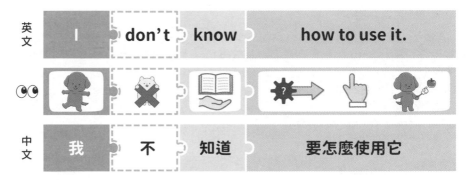

英文	I	don't	know	how to use it.
中文	我	不	知道	要怎麼使用它

● 間接問句

主詞＋don't＋及物動詞＋間接問句（疑問詞＋主詞＋動詞）

將間接問句當作名詞使用。

英文	I	don't	know	where he is.
中文	我	不	知道	他在哪裡

💬 順序與疑問句不同，是「疑問詞＋主詞＋動詞」。

後置修飾

「形容詞不是要放在動詞前面嗎？為什麼會放在後面？」大家心中是不是有過這樣的疑問呢？其實形容詞有時候也會從後面來修飾名詞。接下來要學習如何用形容詞、介系詞、現在分詞和過去分詞從後面修飾名詞。

● 形容詞出現在名詞後面的情況

我們在第188頁曾經說過「形容詞有時候會出現在名詞後面」，接下來就來確認一下實際的使用情況吧。

下列例句是後置修飾的代表類型。

1 使用特定的名詞時

很多英文老師告訴我們：「～thing 或～one 之類的單字後面通常會加形容詞」。就我個人來說，「名詞若有some、any、no等表示限定的字時，容詞就放在後面」，這樣來理解會比較好記。

例 I want something cold to drink.
我想喝點冰的東西。

例 Is there anything important?
有什麼重要的事嗎？

例 Is anyone else coming tomorrow?
明天還有誰會來嗎？

2 使用特定的形容詞時

alive及present等部分形容詞要放在名詞後面。

例 He ate fish alive.
他生吃活魚。

> ☺ 先稍微記住「原來還有這種用法」，等真正遇到時就稍加整理，牢記在心吧。

例 The students present were surprised.
在場的同學都嚇到了。

> ☺ present 意指「當前」時要放在名詞前面。

3 形容詞變成形容詞句（超過2個字所組成的詞組）的時候

形容詞如果是超過2個字所組成的詞組，這樣的形容詞就要放在名詞後面。

例 He looked at the vase full of flowers.
他看著一個裝滿花的花瓶。

汪汪筆記 **超過2個字的詞組要從後面修飾**

只要記得超過2個字的詞組要從後面修飾名詞這個原則，就可以順便聯想到現在分詞、過去分詞和to不定詞（為了～）也是因為相同理由而放在名詞後面修飾。

例 I have a book written in English. 　我有一本用英文撰寫的書。

例 I like the dog eating the cake. 　　我喜歡那隻正在吃蛋糕的狗。

例 I want something to drink. 　　　　我想喝點東西。

・還有用介系詞句（介系詞＋名詞）來修飾名詞的用法。

例 I read books about business. 　　我讀了一本關於商業的書。

例 Books on shelf are placed in order. 　書架上的書是按順序排列。

🐾 in order：按順序

雖然要將所有句子都套用句型不容易

恭喜大家學到這裡。我們在第5章學到如何用to不定詞及that子句表達出句意更加複雜的英文。

當我還是學生時，只要到了要學這些複雜句型的階段，就會不知道要怎麼理解文法，只能靠死背記下來。

就是因為光死背沒有融會貫通，所以我就算唸書唸得比別人久，成績還是一樣很糟糕。

長大之後從頭開始學英文時，我才發現死記硬背其實是有極限的。

那些死背的東西一直想不起來，就算記住了，也是轉頭就忘。

然而，當我試著將英文套上文法以及句型，或者是一邊整理句子的前後關係一邊學習時，乍看好像很難的文法竟然像數學那樣出現規則性。於是我不再需要「死記」，因為我已經懂得如何「理解」英文了。

好啦，本書終於要進入最後一章了。

最後一章我們要學習把句子連接起來的方法。內容對於一步一步慢慢學到這裡的各位來說其實不難，就讓我們再加把勁，一起努力吧！

第6章中我們要學的是如何和下列例句一樣，把兩個句子連接起來。

I did my best , but **I lost.**

只要將 "I did my best.（我盡力了。）" 與 "I lost.（我輸了。）" 這兩個句子用接續詞but（但是）連接起來，就能完成 "I did my best, but I lost.（我盡力了，但還是輸了。）" 這樣的句子。

順帶一提，在第5章第198頁介紹的that子句中的that也算是「接續詞」。

第6章

如何連接句子

終於來到連接句子的階段了。這一章
的拼圖分解的並不是SVO，而是兩個
句子以及將它們連接起來的要素。除
了到目前為止學到的內容，如果能再
掌握連接句子的方法，便能夠完成更
有邏輯的英文句子了。

關係代名詞的 who/whom

只要有關係代名詞 who / whom，就能利用子句（帶有主詞和動詞的句子）來說明出現在句子中的「人」了。這樣的句子大致可以分為 who 後面沒有主詞以及沒有受詞兩種類型。

who 後面沒有主詞的情況

沒有主詞

英文 He has a friend **who** lives in Tokyo.

他有一個住在東京的朋友。

> who 的 後 面說明的是前面的 "a friend"。這時候請將 who 子句的主詞位置想成是 "a friend"。

who 後面沒有受詞的情況

沒有受詞

英文 The boy **who** I met yesterday is Penpen.

我昨天遇到的那個男孩是澎澎。

> who 的後面說明的是先行詞 "the boy"。這時候請將 who 子句的受詞位置想成是 "the boy"。

> 就文法上來講，沒有受詞的句型通常要用 whom，但在口語中經常使用 who。whom 通常用於正式寫作，口語會話較不常聽到。所以只要記住會話中用 who，書信及英文考試用 whom 就可以了。

> 沒有受詞的句型可以省略 who，尤其在口語中會經常省略。
>
> **例** The boy I met yesterday is Penpen.
>
> 句中發現又有另外一個主詞和動詞，因此可以看出前面的 who 其實被省略了。
>
> 另外，沒有主詞的句型基本上不能省略 who，否則會很難判斷主詞是與哪個動詞有關聯。以 "The boy lives in Tokyo is Penpen." 為例，boy 和 living 之間的 who 若是省略了，那麼恐怕因此會把 lives 誤認為是整個句子的動詞。

關係代名詞的 which

只要有關係代名詞 which，就能利用子句（帶有主詞和動詞的句子）來說明出現在句子中「人以外的某個事物」了。這樣的句型大致可以分為 which 的後面沒有主詞以及沒有受詞兩種類型。

which後面沒有主詞的情況

英文

沒有主詞

He has a dog　which　barks at night.

😊 which的後面說明的是先行詞 "a dog"。這時請將which子句的主詞位置想成是 "a dog"。

他有養一隻晚上會叫的狗。

which後面沒有受詞的情況

😊 前面曾經說明過，在沒有受詞的句型當中，who通常要用whom（見上一頁），但是which並沒有whom這樣的形態。這種情況，who和which可以用that來代替（見下一頁說明）。

英文

沒有受詞

This is the book　which　I read yesterday.

這是我昨天讀的書。

😊 which 後面說明的是先行詞 "the book"。請將which子句的受詞位置想成是 "the book"。

😊 和who一樣，後面沒有受詞的句型可以省略which，尤其是在口語中經常會省略。

📝 **汪汪筆記** 牢記基本句型

看起來相當複雜的關係代名詞，這兩頁介紹的就是其基本內容。接下來要學的是應用句型，在這之前要先確實學會應用這兩頁的內容。這一章雖然沒有練習「換句話說」，但是可以自己利用上述例句中接在 a friend、the boy、a dog、the book 後面的 who / which 子句來替換練習，試著造出英文句子，將文法牢記在心。

如何連接句子

關係代名詞和 that

關係代名詞的 who 和 which 可以用 that 代替。that 可以用於「人」及「人以外的事物」，相當方便。

that 後面沒有主詞的情況

沒有主詞

英文 **He has a friend** ⊂ **that** ⊃ **lives in Tokyo.**

他有一個住在東京的朋友。

💬 that 後面說明的是先行詞 "a friend"。請將 that 子句的主詞位置想成是 "a friend"。

💬 先行詞如果和這裡的例句一樣是「人」的話，通常會選擇 who 而不是 that。

---

that 後面沒有受詞的情況

沒有受詞

英文 **This is the book** ⊂ **that** ⊃ **I read yesterday.**

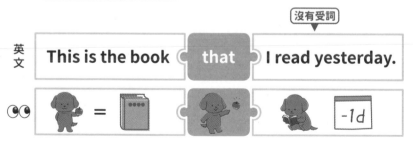

這是我昨天讀的書。

💬 that 後面說明的是先行詞 "the book"。請將 that 子句的受詞位置想成是 "the book"。

💬 若是後面沒有受詞的句型可以省略 that，尤其是在口語中會經常省略。

汪！重點來了 **不用 that 的情況**

that 雖然方便，卻有 2 種情況不能使用。

1 介系詞＋關係代名詞（見第211頁）

> **例** This is the house in which I used to live.
> 這是我以前住的房子。

2 關係代名詞的持續用法（見第 211 頁）

> **例** I have a brother, who goes to the same high school.
> 我有一個哥哥（弟弟），他也上同一所高中。

 汪！重點來了 **偏好用 that 的情況**

不用 who / which，會比較常用 that 的情況有 3 種。

1 有「人」及「人以外的事物」這2個先行詞的時候

句子裡如果有 "he and his dog" 當先行詞的話，一般都會用 that。

2 疑問句中已經有 who 或 which

相同的詞出現兩次不好看，所以要用 that。

> **例** Who that knows him will doubt him?
> 認識他的人有誰會懷疑他？（大家都會相信他。）

> **例** Which is the dog that bit you?
> 哪隻狗咬你？

3 「只有」、「全部、沒有」放在先行詞前面，或成為先行詞

例如以下單字加在先行詞上，或者是當作先行詞來使用。

- 加上形容詞最高級的名詞
- the only/the last/the same
- any(thing)/ every(thing)/ no(thing)/ all

> 😊 這種情況通常會比較偏好用 that 而不是 which，不過有時候還是會用 which。
> 另外，當先行詞是人時通常會使用 who。

如何連接句子

關係代名詞的 whose

關係代詞還包括表示擁有的 whose。使用 whose 時，接在後面的名詞代表「（先行詞）的」所有物。

表示「人的東西」的 whose

英文

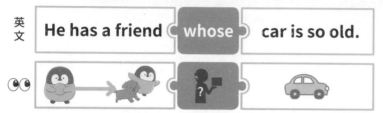

He has a friend ⊂ whose ⊃ car is so old.

他有一個車非常舊的朋友。

💬 只要將此例句拆成 "He has a friend." 與 "His friend's car is so old." 就會比較好理解。

表示「人的東西」以外的 whose

英文

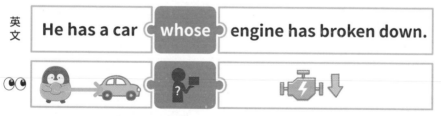

He has a car ⊂ whose ⊃ engine has broken down.

他有一輛引擎壞了的汽車。

💬 人以外的情況也能用 whose。

💬 只要將此例句拆成 "He has a car." 與 "His car's engine has broken down." 就會比較好理解。

關係代名詞（應用篇）

接下來要進一步介紹關係代名詞的應用篇，這一頁的內容可以跳過不看，但是學會的話日後在學習英文上會更加順利喔。

介系詞＋關係代名詞

This is the house (**in which**) **I used to live.**

這是我以前住的房子。

> 這樣的英文句子或許不常聽到，但應該還是有機會看到。特地將句尾的介系詞挪到which前面，通常會給人一種非常正式的印象。

> 將原本的句子"This is the house which I used to live in." 句尾的in移到which前面。

> 在介系詞＋關係代名詞這個句型當中，先行詞如果是人，通常會用whom而不是who。
> 例 He is the boy with whom I talked yesterday.
> 他就是我昨天跟他說話的那個男孩。

非限定用法　關係代名詞有一個為先行詞補充說明的「非限定（補述）用法」。相對於此，目前所學的關係代名詞的用法則是稱為「限定用法」。

I have a brother (**, who**) **goes to the same high school.**

我有一個哥哥（弟弟），他也上同一所高中。

汪！重點來了　限定用法和非限定用法的差別

限定用法

例 I have a brother who goes to the same high school.
我有一個上同一所高中的哥哥（弟弟）。

上述例句是限定上同一所學校的哥哥（弟弟），因此是「限定用法」。說話者可能還有其他哥哥（弟弟）。

非限定用法

例 I have a brother, who goes to the same high school.
我有一個哥哥（弟弟），他也上同一所高中。

這個例句是針對哥哥（弟弟）補充說明，所以是「非限定用法」。在這種情況下說話者沒有其他哥哥（弟弟）。要說明主詞時，用法如下：

例 My teacher, who speaks English well, will attend the meeting.
我的老師，他（＝我的老師）英文說得很好，會出席會議。

另外，專有名詞等不需要限定的東西也可以使用非限定用法。

例 Penpen, who I talked with yesterday, is so kind.
澎澎，也就是我昨天和他聊的那個人（＝澎澎）非常友善。
> 口語中經常使用who，但是英文測驗時whom才是正確答案。

關係副詞

應該會有人問:「關係副詞不是上高中才會教嗎?」但是有些概念還是希望大家能夠先知道,這裡會簡單大致解說。只要知道這些,對關係副詞的理解就能向前邁進一大步喔!

關係副詞的where

This is the house ⊂ where ⊃ I used to live.

這是我以前住的房子。

 汪!重點來了 關係副詞也可以用關係代名詞來代替!

像上面的例句就可以改成 "This is the house in which I used to live."。
不要想太多,先用下方的例句來比較關係副詞和關係代名詞的用法吧。

關係副詞 This is the house where I used to live.
= This is the house. + I used to live in the house.

在 "where I used to live" 這個子句當中,where扮演著 "in the house" 的副詞句功能,所以是關係副詞。

關係代名詞 This is the house in which I used to live.
= This is the house. + I used to live in the house.

在 "in which I used to live" 這個子句當中,which扮演著 "the house" 的代名詞功能,所以是關係代名詞。也就是說,在有關係代名詞的句子當中,who / which 子句通常不會出現主詞或受詞;相對而言,關係副詞後面通常會接完整的句子。

關係副詞的when

I remember the day ⊂ when ⊃ I first met you.

我還記得第一次見到你的那一天。

😊 情況同上述的where,此例句也可以改成 "I remember the day on which I first met you."

汪汪筆記 關係副詞與間接問句的差異

這兩者的差異其實非常單純。雖然關係副詞可以顧名思義知道有副詞的功能,然而在形容詞子句(從後面說明作為先行詞的名詞)當中,就算間接問句(參見第201頁)稱為「問句」,卻只能當作名詞子句(當作名詞來使用)。

假設語氣

在談論與事實相反或假設的內容時，也就是「如果～的話，就會～」的句型可以用 if 來表達。除此之外，本節還會學到不使用 if 的假設說法。

假設語氣的基本句型

「如果～的話，就會～」這個句型除了假設，還能用來表達願望。

英文

If I were you, I would buy it.

如果我是你的話，我會買。

😊 以 "If＋主詞＋動詞過去式～，S＋助動詞過去式＋原形動詞～" 為句型的假設語氣，通常會在助動詞過去式這個位置填入 would（應該會～）、could（就可以～）、might（說不定會～）這幾個助動詞。

😊 在假設語氣當中，不管 if 子句的主詞是 I、he 還是 she，be 動詞一律用 were。但在口語會話中還是有人用 was。

 汪！重點來了　**假設語氣的過去式概念是「不可能的事」**

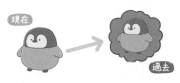

現在　→　過去

過去式表示的是「距離現在時間軸的遠近」。因為這個概念，才會提到「把助動詞改成過去式會更有禮貌」。
在假設語氣當中，「距離現在很遠、不可能會發生的事」會用過去式來表達。
但在現實生活當中還是有可能會發生，也就是想要表達「如果～的話，就會～」的時候也可以用 if。如果是這種情況，就要用現在式而不是過去式。

以下是比較使用 could（過去式）與 can（現在式）的假設語氣有何差異。

過去式 could　If he were a genius, he could do it.
他如果是天才，早就做到了。
😊 說話者認為他不是天才。

現在式 can　If he is a genius, he can do it.
如果他是天才，就應該做得到。
😊 說話者認為他可能是天才。倘若屬實，就會做到。

另外，我們在第 122 頁介紹的 "Do you mind ～?" 這個句子如果加上 if 的話，就可以和下列句子一樣當作疑問句的其中一部分了。

例 Do you mind if I smoke?
我可以抽菸嗎？（你介意我抽菸嗎？）

如何連接句子

使用wish的假設語氣

可以用來表達願望，也就是「要是～就好了」。

英文

| I wish | I were rich. |

我要是有錢人就好了。

這裡是將使用if的假設語氣「如果～的話，就會～」中的「就會～」拿掉，只留下願望。如果用if的句型來改寫上方的例句，就會變成：

例 If I were rich, I could buy it.　如果我有錢就可以買了。

關於but的用法會在第217頁學到，像是"I wish I could, but I can't.（我希望我可以，但我做不到。）"之類的句型也相當常用。

如果是有可能性的話，就會用hope而不是wish來表達。

例 I hope you like it.　希望你喜歡。

汪！重點來了 不使用if或wish表達假設語氣

句中如果有if或wish，就可以輕鬆地判斷出「啊，這個說不定是假設語氣」，但是即使不用這樣的句型照樣可以表達假設語氣。只要記住這一點，今後學習英文時就能更靈活地應對。
分辨的方法就是：明明在談現在的事情，但是句子中卻出現could和would等助動詞的過去式。

例 With your help, I could finish this work by tomorrow.
有你的幫忙，我才可以在明天完成這項工作。

例 Without your help, I couldn't do it.
沒有你的幫忙我是做不到的。

with、without的意思是「（如果）有／沒有～的話，～」。

例 A wise person would not say such a thing.
聰明人不會說那樣的話。

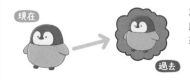

現在 ➡ 過去

再看一次左圖。
即使是這種例外情況，照樣能夠用助動詞的過去式
來表達「距離現在有點遠、不可能會發生的事」。

連接詞

接下來要學將兩個句子連接起來的連接詞。像是「因為～，所以……」、「雖然～，但是……」等，在表達句子之間的關係時，連接詞是不可或缺的要素。來看看要如何將英文句子連接起來吧。

連接詞包括了對等連接詞和從屬連接詞。

● 對等連接詞

顧名思義，對等連接詞的功能就是要將單字與單字、句子與句子、段落與段落連接起來。
這時連接的詞必須對等（相同種類），例如主詞與主詞、受詞與受詞、形容詞與形容詞、名詞與名詞等。
至於對等連接詞，有and（～和～，以及）、but（但是）、or（或者～）。

例 He is kind and cute.　　他善良又可愛。

☺ kind 和 cute 都是形容詞（補語）。

連接兩個完整的句子時有個規則要遵守，那就是連接詞前面要加一個逗號（,），但若是下列這樣的短句也經常不加逗號。

例 It was raining, and I got wet.　　下雨了，而且我被淋濕了。

☺ 將 "It was raining." 和 "I got wet." 這兩個句子連在一起。

兩個句子的動詞如果主詞相同，那麼and之後的主詞就可以省略。在這種情況下，連接詞之前不會加上逗號。

例 I went shopping and bought a new bag.　　我去逛街，還買了一個新提包。

☺ 句中的兩個動詞（went 和 bought）的主詞都一樣。

如何連接句子

and

and 通常會翻成「～和～、以及」。

這個單字有時適用在「將2個以上的要素並列在一起」的時候，例如「狗和貓」、「我和你」、「溫柔又可愛」；有時適用在「時間上的排列」，例如「下雨了，然後我淋濕了」、「我去了公園，然後跑步」等。

只要記住「時間上的排列」這個用法，就能理解下列例句的翻譯。

> 例 Study hard, and you'll pass the exam.　　只要你努力唸書，考試就會及格。
> 例 He is kind, and I like him.　　他人很好，而且我很喜歡他。

and也可以用來列出3個以上的東西。在這種情況下要用"A, B and C"來表達。

> 例 There are some dogs, cats and rabbits in my house.
> 　我家有幾隻狗、貓和兔子。

想要強調"A and B"這「兩邊」的時候，可以搭配使用both與and。

> 例 I like both dogs and cats.　　我狗和貓都喜歡。

both也可以當作形容詞或代名詞來使用。

> 例 Both my parents are doctors.　　我父母都是醫生。
> 　I like both of you.　　我喜歡你們兩個。
> 　I like both.　　我都喜歡。

但是有一點要注意，" both A and B"若是改成否定，那麼意思就會變成「兩者都不～」。

> 例 I don't like both dogs and cats.　　我狗和貓都不喜歡。

---

or

or通常會翻成「或者」。只要記住這個單字的概念是「2個以上的要素之一」，這樣就不會搞不清楚意思了。

> 例 Are you for or against?　　你是同意？還是反對？
> 例 Which do you like better, summer or winter?　　你喜歡夏天還是冬天？
> 例 Hurry up, or you'll miss the train.　　快點，不然會趕不上火車。

" either A or B（A或B其中一個）"這個句型也經常出現。

> 例 Either he or I am wrong.　　不是他錯，就是我錯。
> 例 Either I or he is wrong.　　不是我錯，就是他錯。

> 注意！靠近動詞的主詞會影響動詞的形態。

either和both一樣，可以當作形容詞或代名詞來使用。

> 例 Either day is fine.　　哪一天都可以。
> 例 I don't know either.　　我兩個不知道。

> 用either表示否定時，代表「兩者都不～」，這一點與both不同，要注意。

neither

這個單字可以和both及either一起背，句型是"neither A nor B（既不是A也不是B）"。

例 I neither agree nor disagree.　　　我既不贊成也不反對。

也可以當作形容詞或代名詞來使用。

例 Neither company compromised.　　　兩家公司都沒有妥協。
例 Neither is true.　　　　　　　　　兩者都不是真的。

---

but

but通常翻成「但是」。只要記住這個單字的概念是「與後面的要素相反」，這樣就不會搞不清楚意思了。

例 I'm poor but happy.　　　　　　　　　我雖然窮但是很快樂。
例 It began raining, but we didn't mind.　開始下雨了，但我們不在乎。
例 I'm sorry, but I can't.　　　　　　　　抱歉，我做不到。

汪！重點來了　but 的常用句型

but不僅可以當作連接詞，還有許多用法。接下來要介紹4個最常見的句型。

1　not only A but also B：除了A還有B

　例 I have not only a dog but also a cat.　我不僅有養狗，還養了貓。

2　not A but B：不是A而是B

　例 This offer is not fair but reasonable.　這個提議雖然不公平，但是合理。

3　can't help but：忍不住～

　例 I can't help but laugh.　　　　　　我忍不住笑了。

> "can't help but"這個句型可以用來表達忍不住cry或laugh等感情。
> 但如果要表達自己無法控制的行為，例如「我忍不住要抽菸」這種情況時，那就要用
> 第197頁介紹的類似句型"cannot help doing"（忍不住做～）。
> **例** I cannot help smoking.　我忍不住想要抽菸。

4　have no choice but to do：別無選擇只好～

　例 We have no choice but to accept the proposal.
　　我們別無選擇，只能接受建議。

使用but的句型還有很多，只要遇到一個新的表達方式，就先停下來確認一下用法吧。

● 從屬連接詞

顧名思義，從屬連接詞就是為「主句」造出「從屬子句」，讓造出的句子具有副詞或名詞功能的連接詞。

帶有副詞功能的連接詞有 because（因為）、when（當～的時候）、if（如果～）；帶有名詞功能的連接詞則是有 if（如果～）。曾經出現在第5章的 that 也可以歸類為從屬連接詞。

副詞功能的例句 I'm tired because I slept too much.   我因為睡太多所以很累。

名詞功能的例句 I don't know if it will rain tomorrow.   我不知道明天會不會下雨。

副詞功能的從屬連接詞

可以當作副詞的從屬連接詞有 because（因為）、when（當～的時候）、if（如果～）。不過本書是為初學者而編寫，因此從屬連接詞這個部分簡單說明就好。

1 because：理由

例 I like Japanese food because it's healthy.   我喜歡日本菜，因為很健康。

例 I'm tired because I slept too much.   我因為睡太多所以很累。

當有人問"Why?"的時候回答也要用 because。

例 Why are you so tired?   你為什麼這麼累？

例 Because I didn't sleep well last night.   因為我昨晚睡得不好。

還有一種句型是 **because of**（因為～、為了～）。because（因為～）後面接的是句子，不過 because of 後面要接名詞。

例 We put off the game because of the bad weather.   因為天候不佳，所以我們延後了比賽。

2 when：當～的時候

例 When I arrived at the airport, it was dark outside.   當我到機場時，外面天已經黑了。

例 It was dark outside when I woke up.   當我起床時，外面漆黑一片。

例 I read books when I am free.   有空的時候我都會看書。

when 子句通常和例句一樣先會出現在前面。這種時候要在子句後面加一個逗號（,）。

汪！重點來了 表示「時間」和「條件」的副詞子句要將未來式改成現在式

下列例句談的是未來，但是 when 的子句卻不是未來式。

例 I'll call you when I get home.   我到家之後打電話給你。

那是因為 "when I get home" 這個部分是先決條件。

我們在第213頁中曾經學到，若是想要陳述在現實生活中有可能發生的事情，可以用 if 來表達「如果～的話」，而這個句型遵守的也是這個規則。

例 I will stay home if it rains tomorrow.   如果明天下雨，我就待在家裡。

if 的「如果～」也常出現在祈使句中。

例 If you have any questions, please feel free to ask me.
如果你有任何問題隨時可以問我。

其他表示時間的連接詞

介系詞的before、after和until後面若是接句子，就可以當作從屬連接詞來使用。

1 before：～之前

例 I want to visit Paris before I die.　　　我想在死之前去一次巴黎。

2 after：～之後

例 I will go home after I finish this work.　　這個工作做完之後我就要回家。

3 until：直到～

例 I will wait here until she comes back.　　我會在這裡等到她回來。

> ☺ 意思為「～為止」的by表示期限，而意思為「到～為止一直都～」的until則表示持續。

名詞功能的從屬連接詞

曾經在第5章中出現過的that是可以扮演名詞的典型從屬連接詞。
下列例句中的that子句就扮演著名詞的功能。

例 I know that he is kind.　　　我知道他人很好。

> ☺ 學習連接詞之後，請大家再回頭複習「SV＋that子句」的說明（見第198頁）。

另外，在具有副詞功能的從屬連接詞中登場的if有時也可以當作名詞來使用。

例 I wonder if it will rain tomorrow.　　不知道明天會不會下雨。

在上述例子中，if子句的意思是「明天是否會下雨」。wonder的意思是「想知道……」。

> ☺ 整理過與具有副詞功能的if子句的差異後，要好好記住喔。在上一頁提到表示「時間」和「條件」的副詞子句要從未來式改成現在式。但若要當作名詞來使用，就可以和上述例句一樣用未來式了。

連接詞的as

曾經在比較句型單元出現的as還有其他意思。
理解as的最佳概念就是「同時性」。

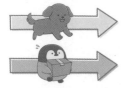

接下來就讓我們介紹4種實用的as用法吧。

1 比較句型

第1個是用於比較句型的as（見第174頁）。

例 I'm as busy as he is.　　我和他一樣忙。

> 😊 在口語中，as後面通常會接受格的him。

2 如同～

第2個是意指「如同～」的as。

例 I did as she said.　　我照她說的做了。

3 隨著～

第3個是意指「隨著～」的as。

例 As we grow older, our memory becomes weaker.
我們的記憶力會隨著年齡增長而變差。

4 時間（同時性）

第4個是表示「時間（同時性）」的as。

例 His face turned red as she came into the room.
當她走進房間，他的臉變得通紅。

> 😊 不管是哪一種用法，都盡量與「同時性」這個箭頭一起聯想吧。

汪汪筆記 ✎

關於文法的介紹就在這裡告一個段落。大家辛苦了，文法真的很難對吧？以作者的立場來看，這麼說或許不妥，但除非是考試，否則在說英文的時候，最重要的就是要抱持著「說錯也沒關係的心態」。像是少了冠詞a，或者缺少第三人稱單數動詞的s時，其實照樣能夠與對方溝通。但是如果不知道「英文語序」或者是「用英文造句的方法」，那麼就會無法對話。本書就是以這樣的概念將理解英文的訣竅分散在各個章節裡。請一定要把這本書放在書架上，反覆多讀幾次喔。

動詞的不規則變化

當在背動詞的時候，只要將其分成A-A-A型（原形、過去式、過去分詞形態不變）、A-B-B型（過去式和過去分詞形態一樣），以及A-B-C型（所有形態都會改變）這3類會比較好背喔。這一頁彙整了幾個典型的動詞。

A-A-A型

中文	原形	過去式	過去分詞	現在分詞
花費（金錢）	cost	cost	cost	costing
切	cut	cut	cut	cutting
碰撞，打	hit	hit	hit	hitting
讓	let	let	let	letting
放置	put	put	put	putting
設置	set	set	set	setting
閱讀	read	read	read	reading

A-B-A型

中文	原形	過去式	過去分詞	現在分詞
成為～	become	became	become	becoming
來	come	came	come	coming
跑	run	ran	run	running

如何連接句子

A-B-B型

中文	原形	過去式	過去分詞	現在分詞
帶來	bring	brought	brought	bringing
建造	build	built	built	building
買	buy	bought	bought	buying
抓住	catch	caught	caught	catching
感受	feel	felt	felt	feeling
爭吵，打架	fight	fought	fought	fighting
找到	find	found	found	finding
得到	get	got	got/gotten	getting
懸掛	hang	hung	hung	hanging
擁有	have/has	had	had	having
聽見	hear	heard	heard	hearing
握著，抓住	hold	held	held	holding
保持～狀態	keep	kept	kept	keeping
放置	lay	laid	laid	laying
帶領	lead	led	led	leading
離開	leave	left	left	leaving
把～借給	lend	lent	lent	lending
失去	lose	lost	lost	losing
製作	make	made	made	making
意思是～	mean	meant	meant	meaning
見面	meet	met	met	meeting

支付	pay	paid	paid	paying
說	say	said	said	saying
賣	sell	sold	sold	selling
送	send	sent	sent	sending
坐	sit	sat	sat	sitting
睡覺	sleep	slept	slept	sleeping
花費（時間，精力）	spend	spent	spent	spending
站立	stand	stood	stood	standing
教	teach	taught	taught	teaching
告訴，說	tell	told	told	telling
思考	think	thought	thought	thinking
理解	understand	understood	understood	understanding
贏	win	won	won	winning

如何連接句子

汪汪筆記 ✎

這一頁和下一頁只是整理出幾個典型的動詞，並非全部。大家要是遇到新的不規則變化動詞，就像這樣整理下去吧。

另外要注意的是有些動詞和 read 一樣，雖然3種形態都一樣，但是發音卻不同。

下一頁要為整理出最麻煩的 A-B-C 型的動詞變化。

A-B-C型

中文	原形	過去式	過去分詞	現在分詞
升起	arise	arose	arisen	arising
醒來	awake	awoke/awaked	awoken/awaked	awaking
是～	be*	was/were	been	being
開始	begin	began	begun	beginning
咬	bite	bit	bitten	biting
吹	blow	blew	blown	blowing
破壞	break	broke	broken	breaking
選擇	choose	chose	chosen	choosing
做～	do	did	done	doing
畫	draw	drew	drawn	drawing
喝	drink	drank	drunk	drinking
駕駛	drive	drove	driven	driving
吃	eat	ate	eaten	eating
掉落	fall	fell	fallen	falling
飛	fly	flew	flown	flying
忘記	forget	forgot	forgotten	forgetting
原諒	forgive	forgave	forgiven	forgiving
給	give	gave	given	giving
去	go	went	gone	going
成長	grow	grew	grown	growing
隱藏	hide	hid	hidden	hiding

★ be動詞經常以 "am、is、are" 等形態出現，但原形是 "be"。

知道	know	knew	known	knowing
躺，臥	lie	lay	lain	lying
誤解	mistake	mistook	mistaken	mistaking
騎乘	ride	rode	ridden	riding
上升，增加	rise	rose	risen	rising
證明	prove	proved	proved/proven	proving
看見	see	saw	seen	seeing
顯示，露出	show	showed	shown	showing
唱歌	sing	sang	sung	singing
下沉	sink	sank	sunk	sinking
說話	speak	spoke	spoken	speaking
偷	steal	stole	stolen	stealing
游泳	swim	swam	swum	swimming
拿，取走	take	took	taken	taking
投，扔	throw	threw	thrown	throwing
醒來	wake	woke	woken	waking
穿著	wear	wore	worn	wearing
拉開，抽回	withdraw	withdrew	withdrawn	withdrawing
寫	write	wrote	written	writing

如何連接句子

汪汪筆記 如何記住不規則動詞的變化

要記住不規則變化動詞主要有2種方法。一種是和背九九乘法表一樣，一遍又一遍地大聲念出來。大家可以參考「朗讀練習」的要領，專心地把動詞變化念出來，這樣就可以記住變化。另一種方法就是只要看到此類單字就先整理，然後再背下來。這個方法的優點是好背，因為可以連同看到的英文句子以及使用方法一起記住。只要結合這2種方法，就能更有效率地記住單字。

留意英文的獨特發音

　　人們在學英文時往往會忘記一件事，那就是練習發音和聲調。有人說字唸錯了也沒關係，反正對方有聽懂就好，其實這個想法是錯誤的。

　　的確，在我們國內的外國人已經習慣了我們說英文時的口音，所以就算發音很奇怪，他們也會努力理解，也難怪有些人說他們不在乎發音。

　　然而，出國的話又會是另一回事了。像是沙烏地阿拉伯等中東地區的人在說B和P的時候發音是一樣的。所以他們會把park唸成「bark」，pitch會唸成「bitch」。對於外國人來說，聽他們的發音會覺得像是在說另外一個英文單字。

　　同樣地，以日本人的狀況為例，對他們來說R和L沒有發音的區別。但其實L和R不僅嘴巴動的方式不同，發出來的音當然也不一樣（見下圖）。

　　為了避免對方誤會，學會正確的發音是很重要的。

  把舌尖放在牙根上

  舌頭往後＋懸空

　　此外，"Would you ～ ?" 的發音並不是「嗚的U」而是像「嗚啾～？」這樣的連音。在102頁曾介紹can與can't發音不同。其實在發音上，很多地方都會讓我們一頭霧水。

　　有關can和can't的發音，美國人在說can't的時候t通常是不發音的，對我們來說真的很難區別。所以我通常會根據can / can't中的a是否有特別強調，以及發音是否清楚，或者只是短短唸出來判斷。

> **can**　在對話中a發音很短，聽起來像 /kən/。原本的發音是 /kæn/。接在can後面的動詞在句子中扮演重要角色，因此can要唸得短一點。

> **can't**　雖然發音是 /kænt/，但是t幾乎不發音，只有做出t的嘴型，這樣在唸下一個單詞的時候就會停頓一下。

　　但是"Yes, I can." 這句話若是沒有動詞跟在後面的話，can就會清楚發出 [kæn] 的讀音，這個時候就要看前後文來判斷了。

　　即使只是簡單解釋，但是英文與中文的發音特色畢竟不同，所以我會建議大家準備一本與發音有關的參考書，以便瞭解英文發音。

結 語

我在學習英文的時候，常常有一種感覺。

那就是「想知道的內容參考書都不會寫清楚」。那個時候的我英文不怎麼好，就抓著一本初學者的文法書啃。到現在我還記得那本書對於實際的英文會話及例外情況的描述並不多。

既然是給初學者看的文法書，難免會這樣囉……。

要是遇到這種情況，我都會特地上網查資料或者問英文老師。

你可能會覺得「買一本詳細解說文法的書就好了，不是嗎？」但是這樣又會缺少了基本解說。還有，那個時候我只要一看到跟字典一樣厚的文法書，就會像是對英文過敏一樣，學習的熱誠都被澆熄。

「要是有一本文法書可以從國中程度的英文開始學習，並且針對學習者在意的地方仔細解說，同時還具有實用性的話那就好了……。」這本書就是根據我當時的想法而誕生的。英文不好的我，將當時不懂的地方全都納入這本書裡。

此外書中準備的練習並不是一般的排列組合或填充，而是相當實用的「朗讀練習」及「換句話說」。

這本書在設計的時候，就是希望大家讀完之後能夠擁有基本的英文能力。

所以讀完之後不管是線上英文會話或是一般的英文社團（也有社會人士專屬的英文社團），大家一定要找個機會好好說英文喔。

對了，大家如果有Twitter或Instagram帳戶的話，記得追蹤@wanwan_english，這樣接收英文學習相關資訊更方便喔。

- 角色插圖／なのさと
- 例句錄音／ヘスース（https://gonzalveztranslations.com）
- 製作協助／Carley（Twitter：@Carley43351411）
  鬼塚英介（Twitter：@Englishpandaa）
  しの（Twitter：@englishiiino）
  リノ（Twitter：@leno_english）

拼圖式拆解 × 直覺聯想記憶
超高效英文文法結構大全

2022 年 11 月 1 日初版第一刷發行
2023 年 12 月 1 日初版第二刷發行

作　　者　汪汪
譯　　者　何姵儀
編　　輯　曾羽辰
發 行 人　若森稔雄
發 行 所　台灣東販股份有限公司
　　　　　＜地址＞台北市南京東路 4 段 130 號 2F-1
　　　　　＜電話＞（02）2577-8878
　　　　　＜傳眞＞（02）2577-8896
　　　　　＜網址＞http://www.tohan.com.tw
法律顧問　蕭雄淋律師
總 經 銷　聯合發行股份有限公司
　　　　　＜電話＞（02）2917-8022

購買本書者，如遇缺頁或裝訂錯誤，請寄回調換
（海外地區除外）。Printed in Taiwan

國家圖書館出版品預行編目（CIP）資料

超高效英文文法結構大全：拼圖式拆解 x 直覺
聯想記憶 / 汪汪著；何姵儀譯 . -- 初版 . -- 臺
北市：臺灣東販股份有限公司 , 2022.11

228 面；14.8×21 公分

ISBN 978-626-329-532-2(平裝)

1.CST: 英語 2.CST: 語法

805.16　　　　　　　　　　　　111015823